ゆらぐ玉の緒

古井由吉

新潮社

ゆらぐ玉の緒　目次

カバー写真

津田 直

作品集『漕』より「淡海舟影（四）」

装幀

新潮社装幀室

ゆらぐ玉の緒

後の花

花の散りかかる桜の樹の、その木末に白い影の差すのを、あれは何かと眺めるうちに、雲間から薄い月が掛かった。満月のようだった。月に散る花はこの世のものならで、と古人の詠んだような感慨が、老年の身だからありそうなものを、その夜もまた更けるにつれて冷えこんで、月も花もただ寒々しく感じられた。ところにより月蝕の見られる夜と聞いていたので、月がまだ窶《やつ》れているのかとも思われた。花のほうも四月に入ってからの天候の不順のために、散る前から悴《かじ》けて見えた。雲に月が隠れると、花も暗がりに沈んで、木の間からところどころ街灯の白い笠が浮かぶばかりになり、その光も霞んで、遠近も定かならず、つれて目も霞むようで、夜気がひときわ腰に染みてきた。

今年は花が早くて、三月の下旬にはすでに数輪がひらいた。椋《むく》の木の枯枝にも老いの目のことだからたしかではないが白い細かな雌花の点々と咲くらしいのが見えて、鶯も来てひとしきり鳴き、日ならずして五分から七分近くまで咲きすすんだ花が一夜の内に満開になったのは、三月の末にまだ日を余した頃だった。折から日曜のことだったが、人はまだ花見の用意ができていない。この分ではつぎの週末まで花は持つだろうかと、おのずと来客を待つ心になり、花の足の速さを惜しんだ。

三月の末に花盛りの日和もあり、あるかなきか風に花のちらほらと散る日もあったが、四月に改まったその日から、昼には花曇りと見えたのが夜から冷えて、翌日にも寒気が残り、それからは花寒《はなざむ》と言うには肌寒い曇天が続いた。寒気のために花の持ちはよくなったようなものの、風が吹けばやはり散りかかる花は春の日に照るでもなく、落花の舞いやら花吹雪やらのはなやぎを見せるでもなく、色褪せてさびれていく頃に、週末を迎えた。その日も曇って午後には雨もよいになり、夜半に思い出したように、月が雲間から花の木末にのぞいた。陰暦きさらぎの望《もち》の夜にあたるらしい。こんな寒々しい月と花のもとでは、老残の身のあやうさを感じさせられるばかりで、死にたくもない。翌日、遅れた花見の日曜の午前は雨となった。

それからが天気はいよいよ清明ならず、曇りがち雨がちの日が続いて、気温もあがらず、冬のような日もはさまる。気流も乱れているようで、一日の内にも空模様が定まらない。たまに晴れた日もわずかな間に曇り、風は冷たくなり、やがて雨になる。ついさっきまで白く濁った空から初夏の陽ざしが降りていたのが、掻き曇るともなく暗くなり、雷が鳴り、季節に早い夕立かと思えばそれきり曇天のままに滞る。一日雲に低く覆われた末に、暮れ方に西の空が割れて、飛沫《しぶき》でもあげそうに沸き返る乱雲の間へ太陽が血のように紅く燃えて落ちかかるのを、今夜は慎しめと叫ばんばかりの狂い方ではないか、と沈みきるまで眺めるうちに、残照の射し返す空から、風も吹かず、大粒の雨が落ちてくる。

低気圧がしきりに、日替りか半日替りに、通り過ぎる。北と南の洋上に低気圧が同時にすすむ日もあり、空の動きは複雑になる。上空には雲が張って動きも見えないのに、東のほうの空に黒い雲が南から北へ走る。終日終夜空を見あげているわけでない。相も変わらず仕事に追われて日の移りも忘れるほどなのに、身体のほうはひとりでに、空の明るんだり翳ったり、大気の重くなったり軽くなったりに、反応しているらしい。老体は日常の暮らしに、まだ不自由というほどでもないと踏んでいても、空の乱れの影響を心身に受けることでは、すでに寝たきりの病人とさほどの隔たりもない。今日はさすがに春めいた一日だったと宵の口までくつろいで、快癒感のようなものを覚えながら、夜更けて机に向かううちに、頭が重たるくなり背もこわばるようで、気がついてみれば、膝から腰が冷えこんでいる。昼は暖くても夜から寒気の忍び寄ることが重なって、四月も下旬に入った。

春の寒気がこうも滞るようでは、今年の田植えはさぞや苦しかろう、と都会人ながら思いやられるのは、年々の米の出来に頼った世代の、いつまでも抜けぬ習いである。この冬の寒さの厳しい夜のことだったか、手もとにあった雑誌をめくるうちに、一葉の古い白黒の写真に目が留まり、やがてひきこまれて眺めることになった。女がひとり田に降りて、太腿のあたりまで泥に漬かって働いている。ちょうど腰を伸ばし、泥にめりこんだ足を抜いて右のほうへ移ろうとしているところのようで、そちらへ向けた横顔が辛抱のきわみの、放心の面相をあらわしている。見ようによっては病人の、苦悶のあまり恍惚に似た表情を思わせる。太腿は逞ましいが、年のほどの知れなくなった顔つきだった。

深田と呼ばれるそうで、沼地を田に造ったものらしい。田の乏しい土地のことなのだろう。敗戦直後の写真だという。田植えと見たが、しかし太腿のあたりまでめりこむ泥に、苗は植えられるものだろうか。それともひとしきり苗を取ってから、泥の深い難所を渡って、つぎのところへ向かうところか。あるいは田植えの前に、水が溜まって沼に還った田の、地ならしをしているのかもしれない。これこそ果てしもない重労働となる。

いずれにしても、足から腰を冷やされて、女の身体に障《さわ》りのないはずはない。後《のち》に出産が難儀になりはしないか。この苦が年々繰り返されれば、安産のわりあいはどれぐらいであったか、そしておしなべての寿命は、とさらに眺めさせられた。深田にかぎったことでもなかったのだろう。田植えの折りに、散る花を送る祭りがあると聞く。冬を越したことを喜ぶと同時に、やがて夏場へかけて訪れる厄災を宥めようとする、息災への願いをこめたものであるらしい。夏場へかけての厄災には冷害、大水、旱魃などがあるが、わけても疫病への恐れが先に立ったようだ。風に散る花びらに運ばれて疫病の種が八方へひろがると思われていたという。落花は田の泥に漬かって早苗を取る女たちの、腰にも降りかかる。腰の苦しみの内にはすでに病いの予兆がひそむ。田に降りて早苗を取るには腰から股関節が固いのでおもに田のまわりで立ちはたらく男たちの目にも、女体の危うさは伝わる。村の存続のためには、田の稔りもさることながら、女体の息災が願われる。祝うということは、祓《はら》うことでもある。

とりわけ天候不順の春には田植えは苦しく、厄災への恐れも深かったに違いない。春に冷えこむと疫病がとかくはやる、と昔の漢方医も見ていたようだ。冬場に人の身体の内に押し入ってひそんだ悪癘の気が、花の咲き出す頃の陽気にひとたびゆるんだ末にまた寒気に触れた身体から、病いとなって起こる。まず感冒のことと思われる。感冒はほかの病いも誘発する。田植えの終えた後で寝ついた女たちもいたことだろう。それに接する男たちも無事には済まない。疫病神かその手下の物の怪《け》が現われて、この村の女はむこう十二年ひとまわり、産まずと定まった、と呪いを掛けて去ったという話がある。数年の間のことにせよ、村に子の産まれなかったことが実際にあったのかもしれない。それでも年々、女たちは田に降りて、腰を苦しめながら早苗を取る。田が乏しければ、深田にも入る。苦のきわみの面相をあらわす。

すでに滑走にかかり、離陸するばかりの特攻機を、土地の少女たちが滑走路の脇に並んで、花盛りの枝を手に手に挙げ、見送っている写真を見たことがある。幾度も見た気がする。いまや飛び立たんとする特攻機の風防の内の操縦席からははっきりと、青年が少女たちのほうへ顔を振り向けている。写真で見るのもつらい。風防の内の心を仮にも受け止められるものではない。目をそむけそむけしてきた。しかし今となっては、操縦席から顔を向ける男の姿に、深田の泥水に取られた足を抜こうとして行く手へ向けた顔に苦悶の面相をあらわす女の姿を、一対のものとして添えるべきなのではないか。あの少女たちにしても、花の枝を振って特攻機を見送った後で、田に降りて腰を苦しめたのかもしれない。

戦争中から敗戦の直後にかけて大勢の人を亡くしながら、それから何十年かにわたって人口は殖え続けた。今では年寄りが多数を占めつつある。その年寄りの一人がこの春の寒さに苦しんで、ひたすら陽気のもどるのを待っている。夜更けに鼻水を垂らしては背中の冷えているのに気がついて、寒気のいつまでも滞るのを託《かこ》つ。そのほかの事には関心もなげに見える。たわいもないものだ。古い写真の深田に太腿まで取られた女を眺めて、離陸直前の特攻機の中から顔を向ける男と思いあわせ、一対の苫を見たと驚きながら、踏まえるべき根の苫を踏まえて来なかった、いや、実際に踏みつけながら顧みもしなかったうしろ暗さに、寒気と重ねて背を撫でられる。

あの敗戦の、あの空襲の年の、春の天気はどうであったか。あの四月は寒さがいつまでも残って、気が晴れなくって、と母親が後に、空襲のことはめったに口にしなかったのに、やはり寒くて暗い春の日のことであったか、ふっとこぼした。子供にはよくも覚えがないが、あれはたしか四月に入り新学年も始まっていた頃の晴天の正午前に、警報が鳴って学校から帰された子供が家の近くまで来ると、頭上に敵機の爆音が唸る、迎えて高射砲が炸裂する。その下を、母親の呼ぶ防空壕へ全力で走った、その面前に桜の花が咲き盛っていた。狂ったように咲いていた。そう見えたのは死物狂いに駆けた子供の目の投影したものでもあるのだろうが、春が寒くて遅れてひらいた花は一両日中の陽気にふれてたちまち咲きこぼれる。そんな言葉は子供の知らぬところだったが爛漫と言うには、花の色が薄くて、しかも重たるく感じられた。二月の二十五日の大雪の昼間には神田、日本橋、浅草にかけてひろく焼かれ、三月十日の未明の、荒い風の吹く夜には本所深川あたりが火の海になり、無数の犠牲者を出したきり、東京では本格の空襲がしばらく絶えて、下町のほうの惨状が噂となって伝わってくる頃になる。本所深川のあたりではほとんど全員が焼き殺されたそうな、と声をひそめて話す者もいた。不吉に見える花の盛りもある。

しかし騒がしい空に子供が怯えて走った晴天の正午は、後から見ればまだ平穏の境の内だった。それから何日と置かず、山手から郊外にかけて二度にわたり、無差別爆撃に襲われることになった。二度目の空襲の夜には、上空を行く敵機の編隊の爆音ばかりが降ってあたりは静まり返るその中から、門のほうに女の金切り声が立ったかと思うと、足音がばたばたと庭を走り、ほど遠からぬ界隈に住む知人の母子が防空壕の中へ転がりこんできて、もういけないと思って逃げてきたと喘ぐ。今夜はここも無事には済まないと女たちはまなじりを決して、今のうちに腹ごしらえをと、壕に持ちこんだ櫃《ひつ》から冷飯を、やはり壕に備えた茶碗によそってまわし、箸を鳴らして飯を掻きこむ、そのまさに日常茶飯の事に、切迫感がこもった。その夜にもまだ花が散り残っていたかどうか、覚えはない。

寒気に祟られて花の匂うようなこともなく、落花の閑寂も繚乱も知らず、ただすがれて赤い花柄ばかりが目に立つようになり、やがて芽吹いた若葉も鮮やかならず、行く春を老年が惜しむにしても、味気なく思われたが、考えてみれば青年の頃には花の盛りを苦にして、頭が重くなるようで、その間はなるべく外出を控えていたこともあった。中年に入り、病人のためにしげしげと通っていた道の、幹線道路の交差点のあたりに一本の桜の木が、昔はどこぞの庭にあったのが道路の拡張のために地所をへずられてわずかに道端に残されたものか、大枝を無残に詰められながら、細く伸びた小枝が、車の排気の臭いの中へ花を精一杯に咲かせているのを、いつまで持つだろうか、と傷ましくも可憐なものと眺めた。心身も時間も切り詰った頃でもあった。ほかの花盛りには、自宅のすぐ前に咲く花もふくめて、ろくに目を向けなかった。

あれからさらに年を経て、母親を亡くし父親を亡くし、姉まで亡くして自身も五十代に入った頃だったか、あるいは自身が五十日の入院の目に遭って、まもなく兄も亡くし、六十の坂にかかった頃だったか、いずれにしてもつい先年のことのようにも思われて記憶は霞むが、ある年の四月の花の盛りに夜からかなりの雪になり、あくる日の正午前にまだ雲の低く垂れる下を近間の馬事の公苑の、例年おびただしく花をつける老桜の幾株かあるところまで来てみれば、雪折れの花の小枝が地面にたくさんに落ちている。その枝を惜んで手に持てるだけ拾って帰ると、家の者があるかぎりの花瓶を出してあちこちに活けた。空よりもどんよりと暗い家の内が花の色に照ったものだ。俄な冬の戻りに身体は冷えこんでいた。雪の後の湿気も身に染みた。空は晴れようともしない。しかしその日は終日、そして深夜までも、机に向って老いたような背を、花に照らされる心地で過ごした。今から思えば、それとも覚えず至福の一日だったか。あるいは人は半日一日の内に、自分でも知らずにまとめて年を取ることが、壮年の間にもあるとすれば、そんな日にあたったたか。

公苑の奥の庭に大池と小池があり、その小池の岸から老いた桜の木が節榑《ふしくれ》立った大枝を水の上へ低く伸べ、春には花をこぼれるばかりにつけて、池に舞う桜色の大鳥を想わせるのを、それまでにも十年二十年と、これには目もそむけずに眺め入って来たが、それもその雪にだいぶの傷手を受け、それ以来、年々痩せて、花を咲かせる間はそれでも寂びた色を見せていたが、花が散ればまた一段と朽ちた姿をあらわし、やがて根本から切られて、新しい木に植えかえられた。その桜の若木も今では高く育って春には花を派手に咲かせるが、池に舞う大鳥の昔の幻影にくらべれば、なにやら造り物に見える。

五月に入るとさすがに晴天が続いて、新緑を渡る風もよほど爽やかになったようだが、季節の移りにすぐには馴染めぬ老体の肌には、大気の芯にまだ冷いものがひそんでいるように感じられた。実際に、朝にはまぶしいほどに晴れあがっていた空が午後から濁り、暮れ方にはまた晴れて落日が長い影を投げていたかと思えば、夜更けにかけて冷えて、空をのぞけば暗い雲に覆われている。そんな日が多かった。未明に風がどっと吹きおろし、突風めいたのが三度にわたり、吹きつのるかと耳をやれば、それきり静まったこともあった。上空の気流の変わり目の、平衡が破れての、瞬時の乱れだったのだろう。四月中の気流の不安定がまだ持ち越されている。それにしても、風の吹きおろしたのと、寝覚めたのと、どちらが先であったか。こんなコンクリートの箱の内の寝床から、空の乱れに感応するようでは、いよいよ老年も末の域に踏みこんだか。

夜更けに机に向かううちに背中から冷えてくると、花の頃の寒さの中にまだ居る心地になる。冷気が膝から腰へ染みて、腹の内までまわりそうに感じられる時には昔の漢方医の、春の癘気に触れて体内の悪癘が起こるという説が思い出される。疫病も癌も梗塞も天の告げることでは同じか。しかしそんな気をまわす時期もとうに過ぎている。先のことは先にまかせる。年寄りは春になっても冷えやすい。冷えれば、どこかしら悪いところが疼きかかる。

しかし冷えた背に、どうかすると暗がりから花の色の照るのを思う。まるで生涯の恍惚を今に惜んでいるかのように。四十代であったか五十代であったか、大病の前であったか後であったかは知らず、いずれにしてもそんな、ほのぼのとした心境にはなかったはずである。花の雪折れの、朝からどんよりと曇って冷えこむ日には、それまでも年々、季節の移りに気をあらためながら刻んできた労苦の、辛抱の緒がゆるんで、いよいよ行き詰まったと感じられる。これきり自分の力が尽きたら、住み馴れた家を畳んで、ほかへ越すことになるか、とまで考えることもあった。

敗戦の年の春の寒さを母親は後に、それがすべての、再三の罹災と戦後の不如意もふくめて、災の元であったかに、悔むようにしたものだ。子供にはその春の寒さよりも、花もとうに散った後の、初夏の肌寒さのほうが記憶に残った。梅雨時のような天気だった。そのお陰もあって敵の爆撃機の大挙襲来は四月のなかば以来なかったが、まぬがれられるものではないと子供心に感じていた。兄たちは前年の夏から母親の里にあずけられ、近所の子供たちもあらかた疎開して、自分も学校にずるずると行かずになり、栄養不良のけだるいからだを持て余まして、無事の日々を重苦しく送るうちに、はたして空襲に捕まって、家もふくめてあたり一帯を焼き払われた。

水にひたして置いてきた小豆のことを母親はしきりに惜んでいた。白い煙を軒から吐いて炎上寸前の家々の間を大通りへ駆け抜け、避難者の群れにまじって、ひと息ついたところだった。

上空に敵機の爆音がいつか引いて、高台の住宅地の燃え盛るのが、空の静まったせいか長閑《のどか》な光景に見えた。せっかく手に入れて大事にしていた小豆だけれど、祝い事もなさそうだし、今夜もまた宵の口に雨の走るのを聞いたので、明日の晩に小豆御飯にして食べてしまおうと、水にひたしてそのお鍋を台所の流しに置いてきたのに、と母親は歎いた。煮え立って水も尽きて燃えあがるのを、子供はまるでそこが、まだ雨気をふくんで静まる家の内の、火元であるかのように思った。宵に雨の音を聞いて今夜も空襲はないと踏んで床に就いたところが、夜半までに空は晴れあがっていたらしく、敵は気象の変化をつとに察知して南の島の基地を宵のうちに飛び立ったようだった。明けて一面の焼跡に、この年初めて見るような、五月晴れとなった。

目の前で家の、自分の家の燃えるのを見た子供の恐怖に、既視感がまじり、それがまた恐怖を共振《ともぶれ》させた。あの既視感はどこから来たものか。遠く近くの空襲の凄惨さを伝え聞いて、この家もいつか焼かれると、その炎上を想像しかけては怯えて押さえこんだせいもあるだろうが、恐怖にはおのずと既視感が伴うものなのかもしれない。人には厄災の予兆にどこかで感じる本能が備わっていて、意識に留まらなくても、恐怖の至った現在の中に、由来の知れぬ既視感となって露呈するものか。今年ほど自然が美しく見えたことはないというようなことを、そのあたりの炎上の間を逃げ惑うことになるより何年も前の平穏の中で、日記に書きつけた文人もある。厄災の予兆は美しさとなってあらわれ、つくづくと眺められることもあるようだ。後年の周章狼狽はよけいに甚しくなる。

夜の更けるにつれて表ではまた風が変わったようでうすら寒さの染みる背中から、雪折れの花が家の隅々の暗がりから照った昔を思い出して、世の厄災というほどの事はあの直後に起こっていなかったはずだが、敗戦の五月の、家を焼かれるまでの梅雨時のような鬱陶しさに苦しむ子供にも、肌のつらさから、どこかに今を盛りと咲きこぼれる花の色が、悪夢めいた美しさを帯びて見えていたのではないか、とうに散ったその年の花ではなくて、もっと幼い心に無心に見あげた、あるいは、さらに知らぬ昔の、とたどれもしないものをたどろうとするうちに、

——見ぬ世まで思ひのこさぬ眺めより

昔にかすむ春のあけぼの

そんな古歌が、和歌というものをめったに諳《そら》んずることのできぬ頭の中へ、すんなりと浮かんだ。近頃目にした歌ではあった。四月の末であったか、やはり冷えこむ晩に、今年は花の爛漫も繚乱も、つくづく眺める閑もなく色褪せて行った春を惜しむ心からか、古歌の春に触れようとして、しかし古今や新古今では丈が高すぎるようで、この身の丈でもどうにか届きそうな風雅集をめくるうちに、春歌の部ではなく雑歌の部の中から目に留まった。藤原良経の歌ではないか。新古今の代表的な歌人の、これほどの歌がその時代に遅れること百四十年あまりにしてようやく勅撰集に拾われたのはどういうわけか。それよりも自分こそこれだけの歌を、それまでに幾度もこの集を読んでいながら、おそらくそのつど目には留めたはずなのに、心に残さなかったのか。しかし無理もないことだ。見ぬ世までとは後世《ごせ》までと言うことになるが、これだけでももう身の丈にあまる。この歌が遅れて拾われたのも、新古今の頃よりもさらに動乱の相を深めた南北朝の時代になりようやく、このような悠久の域へひろがる歌は身に染みたのか

もしれない、とついでに取りなしてその四月の夜は通り過ぎた。

それがいまさら、息とともに吐かれるようにあがってきても、どうにもならない。見ぬ世まで思い残さぬ眺めとは、後世のことは思い及ばぬところなので今生の涯までもというぐらいに取るとしても、そんなはるばるとした眺めは、今の世に生きる人間にはとうてい恵まれるものではない。末期を近くに見れば、もう思い残すこともないとは、自身をなぐさめるために、あるいは残される者たちの心をいくらかでもやすくするためにも、口にするかもしれない。心底から出たの出ないの、そんな分別は超えて、死に行く者たちに共通の言葉のひとつとも考えられる。しかしこの歌は末期の、切り詰まった境にはない。かりに死に至る病のひそむ身であり、世の無常をその一身に受けとめていたとしても、歌のかぎり、のびやかな自足の内にあり、恍惚につつまれている。

しかも、見ぬ世まで思い残さぬ眺めが、そこからというよりもほとんど同時に、そのままに昔に霞む。その昔も後の世にひとしくはるか彼方へ、過去の記憶も通り越して、さらに前の世まで及ぶ。昔に霞むとは、ほのぼのと明けてくるように、今生では見えぬ前世までが見えかかるということか。思い澄ました諦念の前句を、後句が恍惚へ、蘇生の恍惚へ、花咲かせた。後の世まで渡る諦念と、前の世まで渡る恍惚とが、永遠の今をつかのま現前させた。

今年はいつまでも寒気のほどけぬ五月の夜更けのうすら寒さにまるめた背中から雪折れの花が暗がりに照るのを見るのとは、心のひろがりからして、大いに隔たる。こちらは身も心も縮こまり、先のことと言っては、こうもたわいなく背が冷えるようではと残りの年を数え、過去へ向かっては、戦災の年の五月の天候不順に厭《あ》いた子供も、また雨の走る夜に、どこかで花のほのかに照る幻覚から、やがて家の燃えるのを見たのではないかとおそれる。せいぜいがそんなところだ。前世も後世も、観念としてすら抱えこめぬ身のことだから、くらべても詮ない。

それにしても、背中に季節はずれの花が照るとは、どこか前兆めいていてあやしい。先のことへことさら不安を覚えるわけではない。背に感じるところでは、前兆めいたものは前方よりも後方から、過去の方から来るものか。記憶が現在とひとつになり、一生を照らす、生涯の今というものもあるのかもしれない。一度かぎりというような切迫もふくまない。あくまでも日常の内にある。日常のことであれば、幾度でも繰り返す。結ばれてはすぐにほぐれて忘れられる。悟ることもなく、どこへ心が行っていたのかと訝りばかりが残る。あるいは、このしばしの訝りこそ、たちまち霞んで行きながら、生涯の今なのかもしれない。

詰まらぬことを、詰めようもないことを考える、と呆れて背を伸ばす。こうも寒そうに縮こまっていては、背中に花の色も照るだろうさ、と眉をひそめて机の前から立つ。部屋を出れば家の内は暗くて、家の者は寝間にひきあげている。夜半を回っていた。物を読むうちにだんだんに文字がたどれなくなり、からんと張った頭で妙なことを思ううちに、だいぶの時間が経ったようだ。近頃、そんなふうに時間の飛ぶことが多くなった。

台所の電灯《あかり》をつけて、照らし出されたものをことさらに見まわす。まるで遠くからひさしぶりに帰って来たような、あるいはこれから遠くへ行くような、つくづくと眺める姿になりかける。これも長年の深夜の、床に就く前の習いにすぎない。どこから来たでもなく、どこへ行くでもない。

それから、ひろくもない部屋の内を歩きまわることになる。歩きまわるつもりなど端《はな》っからない。居間の外のテラスに出て、痼《しこ》った頭を夜気にすこし冷やしてから、寝るばかりになり、自分の部屋にもどれば、居間のガラス戸の錠を掛けずに来た気がする。引き返して見れば、錠はしっかりと降りている。いましがた念を入れて降ろした手の覚えもある。念を入れすぎると狂いが出る。戸締まりを確めに来ながら、掛かっていた錠をはずして、安心して寝た莫迦者もいる。舌打ちをして部屋にもどり、扉に手をかけてからさらに忌々しい気持で振り返れば、錠を見るためにつけた居間の電灯を消し忘れている。誰もいない部屋がとぼけた顔で照らされている。人を小莫迦にしおって、と静まり返りそうになる。これも無念、無念無想のうちか。

また小返《こがえ》りして電灯を消す前に居間の内を、なにかあやしいものがありげにねめまわす。置かれた物の端の乱れているところへ、日頃はずぼらなくせに、目がつい行って、揃えてやるかと手が出かかるが、そんな余計なことをすればその間にまた狂いが入りそうで、あやしいのは手前だ、と突き放して電灯を消す。

さて寝るばかりになり、今夜はまだ寝る前の顔を洗っていないと気がつく。口も濯いでいない。小用も足していない。初めから手順が狂っていた。洗面所と手洗いの電灯をつけては消し、消えたのを振り向いて見る。いちいちが間違いの後始末をしているようで面倒臭い。自分でうんざりしながら、ついでに玄関の戸締まりを見に行く。いよいよ、やることが前後している。玄関の扉も錠が自明のごとくに降りている。夜の更けかかる頃にわざわざ自分で確めている。

やれやれ因循なことよ、こんなことをしていては身が持たないぞ、とまたひとしきり呆れて玄関口に背を向け、廊下にそろりそろりと足を運んで、自分の寝間の前を通り過ぎた。夢遊めいたものではない。今夜は一段と足がよたつくようではないか、と足もとへ気を奪われたきりその惰性に運ばれた。足はまっすぐ前へ出ているようだが、膝がよろけをふくんで、肩がわずかに左右に振れるように感じられる。それがまた、わざとよろけて見せているようでもある。自分で自分の身体の衰えを測ろうとするのは、鏡の内と自問自答するのに似て、瞬時に感じ分けないかぎり、いずれ馴れ合いになる。老いというものもなかなか意地が悪くて、いまにも前へ崩れ落ちそうに見せるぐらいの厭がらせをやりかねない。

居間のレースのカーテンを押し分けて額をガラス戸に寄せて、黒々と繁る夜の樹を花でも探すようにしばらくのぞき、戸を開けて外へ出るのもまた反復を始めることになりそうで踵を返しかけ、戸外のやや遠くに点々と立つ街灯の光のうっすらと差しこむ暗がりの中から、廊下のはずれの玄関口を見こむと、これがすぐ先のはずなのに遠く、よろける足ではなかなかたどりつけそうもなく隔たって見えた。

——変なものを見ないうちに、さっさと寝ちまいな。

そそくさと部屋にもどって寝床に入り、枕もとのスタンドも消した。

人中を行くうちに、足の不自由な年寄りの姿がしきりに目に留まる日がある。前へのめりそうになるのを一歩ごとに先送りして小足をいそがしく送る年寄りがいるかと思えば、背も腰もまっすぐ伸びているのに脚が硬くて、まるで竹馬に乗っているように、気を抜けば左右に揺らぎそうな、ぎくしゃくとした歩き方をしている年寄りもいる。あれではさぞや道が遠く感じられるだろうな、と眺めてすれ違えばまもなく向かいから、また一所懸命の足取りが近づいて来る。近頃街に足の不自由な年寄りの目立つことはとうに知っているが、それにしても今日にかぎってこうもむやみに現われるのか、と訝って気がついてみれば、自身こそ今日は足がよたついている。同病どうし、目につくものらしい。

ある日、午さがりの都心のほうの繁華街の、片側三車線の大通りの横断歩道の手前に、変わったばかりの赤信号に停められて、何年か前ならこんな時にはいらいらしたものだが、今ではひと息つけるのでほっとするようになったものだと感心していると、道路の真ん中の、分離帯はないが、頭上に道路と同じ幅に架けられた陸橋を支える太い柱に身を寄せて、大柄の男の年寄りがうつむきこんでいる。うつむいているのではなく、腰がほとんど直角に折れている。杖もついていない。身じろぎもしない。さては、横断歩道を中途まで渡ったところで動けなくなったか。壮年の通行人たちが行きずりに気にも留めないようなら、この年寄りが声を掛けるか。あるいは手を貸すことになれば、腰は折れていても体格は太く見えるので、わずかに体重をあずけられても、こちらが腰砕けになりかねない。そう困惑するうちに信号が青に変わり、むこうの年寄りは柱の陰を離れた。深く前へ傾いたきり、すぐ先も見えず、曲がった腰をようやく支えて外へひらいた足を小刻みに、寸刻みほどに送って、横断歩道の残りの三車線をこちらへ渡ってくる。

六車線幅の大通りを青信号に変わったところで渡り出し、真ん中まで来て柱の陰に寄って赤信号をやりすごし、二度に分けて渡りきるその間合いを、目を上げずとも心得ているらしい。そう見うけていらざる心配はうしろへ捨て、前へ進むともなく進む足取りとすれ違って、つぎつぎに追い抜いて行く壮年たちの背の間から、向こう岸の青信号を見こめば、自分こそ信号の変わる前に渡り切れるだろうか、と心細くなった。実際に、いつもはそんなこともないのに、向う岸にたどりつく手前で信号が点滅しはじめた。半道ながらさっきの年寄りは無事に渡れただろうかと振り返れば、赤信号に堰きとめられた人の間に、姿は見えなかった。

あの年寄りはどこから来てどこへ行くのだろう。どこへ帰るのか。独り身なのか、家族はあるのか。何の用があって、こんな繁華の中に出ているのだろう。大通りを二度に分けて渡らなくても、エレヴェーターに乗って陸橋へあがれば、道はよほど楽に安全になる。あるいは遅々とした歩みながら焦りも頑固さも見えなかったところでは、長年にわたり通い馴れた道なのか。あたりの様子は昔とすっかり変わり、道路の幅はよほどひろげられても、自分が渡るからには昔の道であり、半道ずつに分けて渡ることまでは年を考えて譲るが、信号は自分の歩みに合わせるはずだと考えているか。それとも、周囲の動きと自分の動きと、時間の流れも質もそこまで異ってしまえば、目は地面に落としきりでも、深く傾けた背から、周囲がかえって手に取るように見える。そんな孤絶の明視もあり得るか。

通りすがりに人を見ていたつもりが、人に見られていたか、と背をひかれた。いましがた人の歩みを危ぶんで通り過ぎた男、まだ達者のつもりのようだけれど、手前こそ一年先にもここを通るだろうか、まだこの世にあるものやら、と遠ざかる背を見送られていた気がして、道端の易者に呼び止められそうになったわけであるまいしと憮然として行くうちに、遅々刻々の歩みに染まったものか、一歩ごとに膝の揺らぎをおさめて踏みしめる足の運びがまわりを行きかう人の道さまたげになっているらしく、眉をひそめられているようでもあり、思わず悪びれて人の流れからはずれ、横丁へ折れる角に寄って立った。

立ち止まったとたんに、往来の賑わいには変わりもないのに、あたりが静まった。騒がしさはどうやら、足がのろくなるほどに先を急ごうとする自分の内から出たものらしい。おのずと立ち静まり、往来をつくづくと眺める姿になった。こんなふうに用もなく人を待つでもなく路傍に立ちつくしたのはじつにひさしぶり、何十年ぶりどころか、はるか昔のことに思われた。それにつれて、物が見えてくる。いや、何も見えてはいない。何も見えない明視感というものもある。そのうちに、壮年たちのまだしなやかな足取りに、腰や膝やの内に、老年のよろぼいのすでにひそんでいるのが、わずかずつ見えてきた。

事があればいまにも駆け出しそうな若い脚も、生涯が詰まれば長年のどこかの歪みが積もって歩行に苦しむことになる。だからと言って、往来がよろぼいの群れに変わるわけでない。ひとりで陰気なようなことを思うほどに、まわりは賑やかに盛んになる。昔の人出の、朝の市へ急ぐ、あるいは宵の祭りへ集《つど》う、そんな景気が重なって浮かぶ。敗戦からまだほどなかった頃の、三本立ての映画館から吐き出されて帰る道の、来る時よりもいそいそとした足取りが思い出されて、そのはずみで角をつい離れ、膝の揺るがないのを確めて、約束の時刻もあるので、足を急がせてから、三分と立ち静まっていなかったぞ、本性違わずか、と笑った。

しかしその宵から夜更けにかけて人と立ちまじっている間にもときおり、会話の切れ目に、往来からはずれて角に立つ影が、通りすがりに目をやるように、頭の隅をよぎる。一心に眺めている。一心のあまり無心になり、目の前の風景を抜けて遠い眺めへひきこまれるにつれ、影が薄れて、立っていた跡の、角のあたりだけがくっきりと残る。

こうして夜更けの酒場にいて、もしも大きな地震が起って交通が途絶したとしたら、家まで歩いて帰れるだろうか、と頭の内で道すじをたどり、いかにも長い道のりだけれど、これしかないとなればめっきり弱ったこの脚でもこらえにこらえて、夜の明けかかる頃には家の近くまで来ているだろう、とそう思ったのは十年ほども前までのことになる。今では無理である。六車線の道路の横断歩道を青信号の尽きる前に渡りきれるかと心細くなるようでは、とうてい家まで行き着けるものでない。それでもほかにすべもないとしたら、あたり一帯が崩落やら炎上やらの惨状でないかぎり、取りあえず家に向かって歩き出すか。

しばらくは背を伸ばして淡々と歩く。思いのほか足腰がほぐれて壮健らしい足を運んでいる。やがて歩幅が詰まり、うつむいたきりになる。後も先も、ここまでたどった道もこれからたどる道もなくなり、小刻みに足を送る、刻々の今ばかりになる。見も知らぬ道に不思議にみちびかれている。これまでも生涯こうしてやって来た。末期の際《きわ》までこうして刻々を踏むことになる。立ち停まってはならない。立ち停まったら最後、道のしるべは失せて、辛抱の緒も絶える。そう一歩ごとにいましめるうちに、角のところに立っている。もう長いこと立っている。

道端にこれきりにしゃがみこんでしまいそうになるのをわずかにこらえて、道の見当のもどるのを待っていたのが、いつか立ち静まって、夜の彼方を眺めている。やがてはるかな記憶のような温みがどこからともなく差して、夜がほのぼの白んで、身の内も明けかかる。迎えの来たのを見たように息をついで、根をはやした足を抜き、じつは一向に明けようともしない夜の中へ踏み出す。前後がさらにおぼろになり、幾度でも角に立ち静まり、幾度でも明けかかる。

そんな埒もないことをきれぎれに思いながら、人と間違いもなく言葉をかわしていた。酔いの功徳だか、思うことが身から一寸ほども遊離した時のほうが、まわりとの受け答えがたしかになるように感じられたが、睡気におそわれる前触れの明澄のようでもあり、これ以上酔いのまわらぬ前に腰をあげて、終電に間に合わせることにした。

鈍行の電車の隅に腰を降ろして、このまま眠りこんで目を覚ましたら山の見えるところまで運ばれていたでは困る、と駅ごとに目を瞠っていたつもりが思いのほか早く、降りるべき駅に着いて、階段を降り改札口を抜け、表の夜気に触れたとたんに我に返った心地のしたところでは、途中の駅と駅との間で眠っていたようだった。

ここから家までまた長い夜道になる。若い頃には十五分ほどで苦もなく後にしたものだが、高年に入るにつれて通るたびに遠くなり、今では半時間近くかかることもある。帰りにはわずかずつ上り坂になっているのを脚に感じるようになったのは、何年ほど前からだろう。左右にゆるくくねって続く道は蛇の這うのを思わせる。昔の用水路の跡だと聞いた。玉川上水から引いた水を遠く荏原のほうまで送ったという。しかしそうなると、いまこうして歩いているその背後が上流にあたり、このゆるやかながら長い上りに水をどう押し上げたものか、と通るたびに不思議がっては、高い土手を蜿々と築いてその底に水を通したとか聞いたことを思い出し、それですっかり腑に落ちるでもないが、深夜にはひときわ太くふくれて野を渡る土手の影はさぞやおそろしげな、魔性のものに見えたことだろうなと思いを逸らされ、その繰り返しで四十五年あまりも経ってしまったか。

足もとばかりに落とした目をあげるそのたびに先のほうで道がまたまがりくねり、家までがいよいよ遠く感じられるのが近頃ではいつものことなのに、今夜にかぎって顔をまっすぐにあげて背を伸ばし、歩幅は詰まっているが左右にゆらぐこともなく、ゆったりと足を運んでいる。電車の中で駅と駅との短い間にそのつどよほど深く眠ったものか、熟睡のなごりを一歩ずつ背後へ置いて行く。それでも近づくほどに遠くなる、といつもの習いで見るうちに、最後の信号に停められて、目の前に立ちあがった四角四面のコンクリートの箱を、あの一隅に住んでいるのかと、不思議な物に眺めた。

部屋の内が妙に片づいていたな、と寝床の中で身体を伸ばしてからいまさらあやしんだ。自身の手の跡である。ほかでもない。いつ頃からのことだか、出かける前に自分の部屋の、とりわけ机の上を片づけて行く癖がついている。そそくさとおおよそにやったつもりなのに、帰って来て部屋をのぞけば、机に向かっていた自身の、痕跡まで消そうとするように、隅々まで片づいて見える。これでは外出先で不慮の事を招き寄せることになりかねない、とひとりで眉をひそめる。それでいながら、脱いだ物を順々に、まだ若い頃には深夜に酔って帰ればあちこちに脱ぎ散らかして蒲団に転げこんだものなのにハンガーへ吊して、人体から解放されて静かに吊りさがったのをいちいち眺める。無事にもどったことに安堵するというよりは、外出していた自身の、これも痕跡を祓《はら》おうとしているようで、あまり気味のよい癖ではない。

しかしこの年になれば、一日半日の外出でも、帰りが深夜に及ぶようでは、長旅は長旅であり、道で魂が迷い出るか、あるいは道に魂を置き残して来るか、それに類したことがないともかぎらないので、始末をつけて出かけ、帰ってはまた始末をつけなおす、それだけの訳合いはあるのだろう、と他人事に思って眠りこんだ。

眠りの浅瀬にかかるたびに、まだ夜道を歩いていた。それをまた端から眺めている。昔に深い縁のあった人らしい影がやって来る。背をまるめ、うつむきこみ、小刻みに足を送って近づき、息をひそめて見まもる目の前へ通りかかると、はるか行く手へ顔をあげて、何を見たのか、ほんのりと若返った笑みを浮かべてうなずき、それきり背も若やいで、しなやかな足で遠ざかり、また微笑むように背が照ったかと思うと掻き消された。

その時になり、人の行くのを目で追っていたその背後から、もうひとり、こちらを見ていた者のある気がして振り向けば、木の下に人影が立つかと見えて、そのあたりだけが花でも散るように白んで、夜が明けかかり、何もかも知って見ていたなと目を瞠ったが、姿は現われなかった。

道に鳴きつと

未明の三時頃に寝覚めして、時鳥《ほととぎす》の声を聞いた。六月の初めの梅雨のはしりの夜、雨もよいの空だったが降ってはいなかった。所は東京の世田谷の、十一階建ての、そろそろ築四十六年の集合住宅の二階からになる。寝床から聞いたのではない。コンクリートの壁の内まで夜の鳥の声が、鴉の夜鳴きでもないかぎり、伝わってくるわけもない。あまりにもからんと覚めてしまった気を紛らわすためにテラスに出てきたところだった。

竣工の当時に中庭に植えられた若木が今では旺盛に育って、とりわけ梅雨時の夜には樹影がふくらんで重なりあい、鬱蒼とした林に見える。その一郭に繁る、昔はタブノキと見たが、今では樹冠が高くなってしまったので確められない。その木から声は立った。ひと声だけであとは鳴き出しそうなけはいもない。ようやくここで聞いたか、とまるで待つのに心をつくしたかのようにつぶやいた。待っていたわけではないのだ。

幻聴ではなかった。濁った声だったが、あの鳥はひと声と言ってもふた呼吸に折れるか裂けるかのように鳴く。その屈曲もはっきり聞き取った。幻聴ならばむしろもっとさやかに、高く鋭く立って、内へまっすぐに落ちて来るか、あるいははるかな沈黙へ吸いこまれて行くかして、いよいよ死出の田長《たおさ》、お迎えの近くなったことを告げに現われたか、としばし観念させられたかもしれない。そう知らされてもどうこう改めることもないのだが。

東京の山の手でも昭和の初めまでは時鳥が来て鳴いたと、たしかそんなことを聞いたか読んだかしたことがある。私の生まれる以前のことなのだろう。私の生まれた所は当時新開の沿線郊外の住宅地だったので、自然の破壊もまだ新しく、古い山の手よりもかえって時鳥は避けたのかもしれない。とにかく時鳥には、旅先の山で聞いただけで、縁のない生涯だった。ところが大震災の年のやはり梅雨時に、今では都心への通勤圏に入る下総の佐倉に住む知人が、近頃夜な夜な、時鳥の声を聞くと話した。夜明けの頃のことらしい。震災の影響ではないか、とあやしんでいた。私もあやしんで、大地震によって地気のようなものが乱れて、それに敏感な鳥が惑わされ、あらぬところまで迷い出てきたか、それともその辺に時鳥の来てほのかに鳴くのは毎年のことであり、地震によって敏感になったのは人の耳のほうではないかと考えた。

四年前のことになる。そう言えば今年も、ついこの五月の下旬にかかった頃、未明の地震に目を覚まされたかと思うと、昼を経て宵の八時半頃にまた地震があり、これがかなりの横揺れで、四年前の大震災の域まではいかなかったが、長いこと揺れ続けた。遠方の大地震かと、揺れがおさまってから速報を見れば、震源は小笠原の父島辺で、マグニチュードは八を超える。まさに大規模地震である。それにしては震度が小笠原のあたりも、南関東のいくつかの土地も、

四、五程度で変わりもない。被害らしいものも出ていない。震源が地下何百キロの深さにあるという。後日に七百キロに近いことを知らされた。そんな距離を地下へ伸ばして考えたこともない。しかしその深さの分だけ、地気の乱れが広域に及ぶのではないかとも思われた。

家《うち》のあたりでは時鳥が鳴きますよ、と別の知人が話したのはもうだいぶ昔のことだ。聞けば、沿線郊外に住む人だった。都心からはだいぶ離れるが、そんなに遠隔の土地でもない。当時すでに、都心への足の便がよいので、かなり宅地が開発されていたはずだ。山つきではあったらしい。鳴きますか、と私は莫迦みたいな受け方をした。聞いて変な心地がしませんか、とたずねた。のべつ鳴くもので、と知人は事もなげに答えた。その人の亡くなったのを知らされたのは、中庭に時鳥を聞いた直前であったか直後であったか、とにかくつい最近のことになる。

昔のこととしても何時頃であったか、老年には時間というものが質を変えるのか、十年前も二十年前も、あるいはわずか五年前も、ひとしく昔と感じられるので、どこまでさかのぼったらよいものやら、その人とはたしかあれから縁が遠くなり、後年に要職に就いたことすら世間に疎くしている私は訃音の届くまで知らなかったほどなので、よけいに漠としてくる。どちらも中年の頃ではあったが、中年と呼ばれる歳月もまた長い。しかし今の世の大都市に住まう中年男どうしが、時鳥のことなどを話題にするようなことは滅多にあるものでない。私のほうが最近の旅行の話をするうちに持ち出したようだった。

今から三十何年も前、四十代のなかばにかかる頃になる。六月の下旬の梅雨の盛りに、比叡山までわざわざ時鳥の声をたずねた。山に着いた夕暮れに雨霧の中をたどりながら山側へ谷側へ耳を澄ましたが、全山鳴きしきる鶯の声しか聞こえない。その鶯の声がときおり一斉に止む。そしてしばし間を置いて、異な声があがり、それと耳を澄ませば、これも鶯の声で、やがてまた全山鳴きかわす。いつまで経っても同じことのくりかえしだったが、鶯が声をひそめるたびに、その間の沈黙がいよいよ深く感じられ、知らぬ声をすでにふくむようで、それにつれて聴覚が過度に張りつめる。あげくには何かを聞いたのやら何も聞こえなかったのやらもさだかでなくなり、耳を澄ますのを止めた。

その夜更けにも宿の窓を開けては表へ耳を澄ましたが、雨の降りしきる山の闇に鳥の声の、昔の人の言う、ほのめきそうなけはいもない。時季にはずれたかとあきらめた。ところが翌朝になり食堂に降りていると、雨霧に煙る山林の、里のほうにあたる方角から、いきなり頓狂な声があがり、紛れもなく時鳥の名のりのようで、たった一声かと思ったら、すこしの間をはさんではいつまでも鳴き続ける。血を吐くような声などと言われるが、鳴き出すそのつど、おのれの吃音に驚いて、口ごもりかけてはやぶれかぶれに叫び立てる。このような鳴き出しの結滞から、火急のことを告げるようにあがる声を、古人はどうしてああも、心をつくして待ち受けて、世々を継いで歌に詠み続けたのか。声の絶えた空に生涯の沈黙を感じているふうな歌もある。しかしそういう私自身も、時鳥の声をそれと聞いたのはこれが初めてのはずなのに、この声ならこれまで幾度も耳にしたような、その鳴き出しのけはいに夜々苦しめられた年もあったような、そんな気がしてきたものだ。

時鳥の声を心行くまで聞いたその朝、宿に置かれた新聞に通り魔事件の記事が載っていた。

京都の街のどこであったか人通りもすくない界隈のことらしく、雨あがりの午さがりの路を下校の小学生たちが傘を提げて帰るところへ、向かいから来た男がいきなり傘の先で襲いかかり、逃げ惑う子供たちのひとりが額を突かれたという。さいわい大事には至らなかったようだけれど、近頃厭な事が続く。犯人は割り出せるだろうか、と眉をひそめて新聞を畳んだ。それから宿を出て三日ばかり雨もよいの空の下を、道すがら時鳥の声を聞きたいものだと、叡山から比良へかけて谷地を歩きまわったが、ひと声も鳴かない。その末に谷から峠まで引き返してもう一度立ち停まり、雨に煙る叡山へ耳を澄ましたが、いまにも時鳥が叫びそうに山の静まりが刻々深まるばかりでついにひと声も立たず、そのまま京都の街に降ると、酒場に置いた新聞に例の事件の記事があり、通り魔のことは子供の虚言だったと伝えた。雨あがりの路で子供たちが傘を振りまわして遊ぶうちに、傘の先がひとりの子の額にあたったという。

家に帰って親に傷を見咎められ、しどろもどろに答えるうちに、そんな話へはまったのか。しかし虚言とばかりは言えないのかもしれないぞ、と考えたのはその夜の帰りの新幹線の中、ほろ酔いからまどろみかけた頃だった。この梅雨時へかけて、世間では狂気の殺人事件が続いている。さかのぼればこの年の初めから、ドラム缶にコンクリート詰めにして海に沈める、あるいは大雨の夜の長い橋の上に停めた車の中で絞め殺して増水の川へ放りこむ、というような凶悪な事件が相継いで伝えられた。さらに春になっても天候は不順のまま、寒冷の気が梅雨時まで持ち越された。世の景気もいよいよ凍りついたようになり、道を行く人がどうかすると険相を知らずに剝いている。奇妙な振舞いもところどころで目についた。繁華街の裏手らしく、雨の朝に刃物をふるって通りがかりの人につぎつぎに切りつけた男がやがて追いつめられ、まだ鎧戸を降ろした店の軒下に寄って我が身に刃《やいば》を突き立てた。どこかの山間の土地で、相談に寄り合った親族が、押しかけた同じ血族の男に鉈だか斧だかで皆殺しにされた。そして梅雨の晴れ間の巷で、若い母親と幼い子が狂った男に出刃包丁で刺し殺された。白昼の通り魔と呼ばれたその事件の起こったのは、つい何日か前のことになる。あるいは帰ってきた子供の額の傷に近頃の世間の不穏を思った親に問い詰められて、子供の内にいよいよ通り魔の影が濃くなり、実在と思われてきたか。

そう考える私自身が、この旅に出てから白昼の通り魔のことを思ったわけではないが、叡山の宿の朝に時鳥が間を置いてはしきりに呼ぶのに耳をやりながら、その声をテッペンカケタカではなくて、ホッチョカケタカと聞いていた。包丁掛けたか、と聞く土地があったそうで、たしか弟を手に掛けてしまった兄が時鳥と化して、取り返しのつかぬ罪を悔んで、悔んでも悔みきれず、くりかえし、おそらく世々にわたって、里に来ては訴えるという話であった。さては、時鳥が鶯の知らずの里子、義理の兄弟にあたる雛たちを巣から蹴落として育った鬼っ子であることを、昔の人はとうに、ホーホケキョのつぶれて軋んで裂けるようなその鳴き声から悟っていたか、と感心しかけたが、古人の詠んだ時鳥の歌をあれこれ読み返してきたにしては、荒涼とした声に聞くものだと訝った。旅に出る前に、こんな話を聞いていた。

女性の話である。ある日、午後から女友だちの家をたずねた。雨もよいの日だった。友だちとその幼い子と三人して、近くの公園に散歩に出た。そして子を遊ばせるうちに、いまにも通りがかりの男に刃物で襲いかかられそうな恐怖感に取り憑かれた。理由《いわれ》もない恐怖だった。あたりに不穏の雰囲気もない。それなのにともすればからだがひとりでに竦んでくる。寝起きの悪かったせいかと思って、日の暮れにその家を早々に辞した。郊外のまた外辺をまわる電車に乗った時には雨が降り出していた。すっかり暮れた頃には雨脚が繁くなり、いつか電車は谷あいのような暗いところを行く。駅に停まるたびに、傘の先から滴をしたたらせる客が乗ってくる。肩まで濡れた客もある。それにつれて昼間の恐怖がまた差してきた。やがて腰掛けたその前に、ずぶ濡れのレインコートを着た男が立った。今度こそ刃物を抜いて切りかかって来そうに感じられて、顔もあげられず竦みこんだ。車輛の屋根を叩く雨の音ばかりを聞いていた。その中からいまにも人の悲鳴が立ちそうで、冷い汗がにじむ。あまりあらわに怯えを見せれば招き寄せることになる、と刻々こらえて、長い時間だった。男が先に降りたかどうか、その覚えもない。無事に家に着いて内から錠を降ろすと、膝から力が抜けてへたりこんだ。過剰な反応があるものだと不思議がりながらその夜はやすんだ。翌日は晴れて、それが例の、人通りもある路上で母子の刺された、白昼の通り魔事件の起こった日になる。

無事に通り抜けて来たが、逢魔《おうま》が時《どき》と言われたものも実際にあるのだろうか、と私はその話を聞いて思った。子供の頃に親からいましめられたところでは、たそがれ時のことだったようで、人さらいのことを子供は恐れたものだ。女性の話した晩の大雨の音は私も家に居て耳をやっていた。しばらくは天からのしかかるような降りだった。強い低気圧の通る時には、人のからだは得体の知れぬ怯えに、あるいはその影に、心境によっては忍びこまれるものか。大雨の音に耳から心まで聾されて、気の振れかかる男もいるのかもしれない。雨の重さに支配されるもとで、至るところ、誰とは言わず女の恐怖と男の狂気とが互いに誘発して共振れを起こしかける。その時は無事に通り過ぎても、低気圧の去って晴れあがった翌日の往来で、前夜の雨の中の狂いが、路上から照り返す陽の光に目を晦まされ、さらに目の内が白くなったそのとたんに、男の内から一気に押しあがるということもあるか。

この年に続いた凶行がことごとく雨の中で起こったことのように思われる。春からおおむね天気は崩れがちで、曇天の下でそれらの事件を報らされたことが多かったせいで、その印象が残ったのだろう。雨あがりの下校時の子供たちが仲間の額の血を見た瞬間、すでに通り魔を思ったとしたら、つい数日前に起きた白昼の事件のせいばかりでなく、もうすこし前から持ち越された怯えのあらわれでもあったか。帰って来た子を問いつめた親たちも、子供が答える前に、通り魔の影を見ていたのかもしれない。

山あいのような暗がりを走る電車の屋根を叩く雨の音の中からいまにも人の悲鳴が立ちそうで汗がにじんだという女性の話を聞いた時には私の内でも、同じ夜に締めた窓を通して押し入ってくる雨の音の遠くに、人か鳥か、喉の詰まった叫びのけはいの、しきりに半声ほどあがりかかるのを、どういう錯覚か、と耳をやった覚えが動いた。翌日の事件は、偶然の符合だと取った。しかし旅に出て初めの宿の朝には、前日の沈黙にひきかえてしきりに鳴く時鳥が、その絶え間には、際立った空耳であったように感じられた。それから三日というもの谷から峠から耳を澄ましても半声ほどにも鳴かず、鳴き出しのけはいを思って立ち静まればどこでも空耳だったが、その幻覚のほうが実際の声よりも鋭く耳に突き刺さる。そのなごりだか、こうして帰りの新幹線に運ばれていても、狂ったような速さで空気を擦って走る列車の内から、ときおりどこかで金属の軋む、その音にも鳥の鳴き出しのけはいがひそむ。人の狂奔の至るところに、鳥の声はひそむかと思った。

しかし白昼の通り魔のことにせよ、大雨の車中で怯えた女性のことにせよ、雨あがりの下校時の子供のことにせよ、どれも被害者の、あるいは被害者になり得る側から話を聞いていたはずなのに、雨の山に入って時鳥の声に耳を澄ますようになってからは、しきりに鳴いた時にもすべて空耳だった間も、加害者の叫びとして、加害者の心のほうに付いて聞いていたのは、これこそ面妖なことだった。

時鳥の声はその後、梅雨時に深く入っても耳にすることがなかった。待ち受けもしなかった。日が経つにつれ、声の覚えは叡山の昔に照らしてもはっきりと残っているのに、幻聴めいてくる。空耳であったとしても、聞いたことは聞いたのだ、とやがて思うようになった。この土地に越して来てから四十六年来の初声になる。もしもこの土地にも、昔の在所のことだから、梅雨の夜には時鳥が年ごとに、まれにしても来て鳴いていたのだとしたら、それも知らずに年を重ねて来たとは、いかにも迂闊な人生になる。

——我が後《のち》の世の近くなる道

時鳥はさぞや弥生の頃から、卯月皐月の時節へ向かって、遠い山路を急いでいることだろう、という意の前句に、そんな句を付けた古人がいる。時鳥をあの世とこの世との間を往復する声と聞いた、古来の仮託を踏まえた句だが、八十近くになっていまさら、あの世が近くなったと告げに来られても、いずれ遠くないことなので詮もない。しかし今から三十何年も前になる、まだ四十代のなかばの年に、叡山の旅からもどった後も、夜中にどうかすると時鳥の空声のようなものに苦しめられて、それが梅雨明けまで続いたのはどうしたことか。耳を澄ませば、たとえば近くの駐車場の吊り看板が風を受けてかすかに軋む音とわかるのだが、次の声を待ち受けるようなこわばりをしばらくほぐせない。雨の夜の、ほど遠からぬところを走る環状道路と高速道路の押しあげる轟きが頭上までこもる空から、ふと鳥の鳴き出しのけはいが点ずる。耳をやれば空声ですらない。そんな幻聴めいたものに苦しむたびに、狂ったかとは毛頭おそれなかったが、からだがやつれて、脛《すね》も細っていくように感じられた。男盛りと言われる年齢でも生命が一時《いっとき》、やや細ることがあるようだ。

時鳥をたずねる旅に出る前の年の五月も末の、梅雨時にかかる頃に、引っ越しをしている。越したと言っても、同じ集合住宅の棟の内を、七階から二階へ移ったにすぎない。子供がやや大きくなって、これまでの住まいが手狭になってきたせいだが、高い階の暮らしが、やはり木造の家屋に育った人間には、苦しいようになったこともある。すぐ近間でも引っ越しは引っ越しであり、前夜には蒲団をのべる余地を残して家の内はダンボールの箱に占められた。家の主人はこんな時には物の役にも立たず、それまで毎日すこしずつ荷物を台車に載せて二階の新居まで運びこんでいたので、あとは主婦にまかせて、夜更けから未明まで、締切りの近づいた仕事をすこしでも進めておくために、本を詰めたダンボール箱の間に小机を据えて坐りこんだ。

睡気にさからいながら時が移るにつれて、廃屋の臭いがそこはかとなく漂ってきたものだ。新築の当時にここに越して来てからそれまで十年あまりにしかならず、しかも土の湿気から隔てられた住まいでも、年来の物を動かせば、黴の埃が立つものか、と嗅ぎ分けようとすればそれらしい臭いもない。どうやら過去の引っ越しの、記憶の臭いのようだった。子供の頃からこれまで、幾度越したものやら。自立してからの幾度かの引っ越しは身軽なものだったが、追われて転々と移った親の家の引っ越しはどれも、さらに落ちて行くようで暗い心が伴った。戦中の罹災者が多くて住宅難の時代だった。もともと焼け残りの古屋だが、わずか何年かしてまた越すとなると、荷物をまとめて家具を運び出すにつれて、見る見る廃屋の様相を呈する。黴の臭いが充満する。色褪せた古畳も日頃はそうとも感じていなかったが湿気をぐったりとふくんで、踏むたびに窪む。床板も根太もゆるんでいるらしい。こんなところによくも暮らしていたものだ、と子供心にも思った。

引っ越しは方角を間違えると、とかく凶事を家に招くものだと親たちはこだわって、地図に旧居から新居へ定規をあてがってては思案していたが、方角の塞がりにこだわるどころではない時には、せめて万年青《おもと》の鉢を家の主人の形代《かたしろ》と見立てて、悪い方角からはずれる知り合いの家に何日か預かってもらったりした。幾度目の引っ越しの時になるか、夏の終りの晴れた日に、トラックに積まれるほどに汚い古道具の山に見えてくる荷物がようやくすっぽりとシートをかぶせて隠されたことに、中学生になった末の子はほっと息をついて、見送るのもいやで、ひと足先にバスで新居へ向かったところが、やがて幹線道路の渋滞にかかって先のほうへ目をやれば、トラックの荷台にかぶせたシートのふくらみからもあらわな、我が家の荷物が炎天下を行くではないか。知らぬ顔して目をそむけていたものの、なんだか廃屋の黴の臭いが路上の排気の煤煙を渡ってバスの中まで寄せてくるようで、客がそれとなくあやしんで、悪びれた様子の私のほうへ白い眼をやりそうで、早く先へ行ってくれ、もっと離れてくれ、とトラックに向かって心の内で呻いたが、なにぶん渋滞がひどくて、間隔はどこまで行っても開かない。これは自身の肌に染みついた臭いでもあるのだろう、と思って沈みこんだ。

親の家の引っ越しには、もう一度かかわっている。自身は三十を過ぎて子供たちもあり、すでに現在の集合住宅の七階に暮らしていた。父親は七十の坂にかかりまだ勤めに出ていたが、母親は六十過ぎの齢で肺癌と診断され、前の年の暮れから入院の身となった。十五年来の住まいは立ち退きを求められ、その期限も病人の状態に一喜一憂するうちにずるずるとひきのばされていたところへ、病人が小康に入ったかに見えて、兄弟たちは集まり、今のうちにと引っ越しを決行することになった。父親もすぐに承諾した。病人の先の望みはすくないと医者に言われていたが、この分なら一時退院もありそうで、新居のほうはとうに定まっていたので、どうせならここよりもよほど明るくて空気もさわやかな新居のほうに迎えたい、という願いもあった。

何事でも決行となれば、相談のうちから人は気負いこんだ顔つきになる。そうでなければ踏み切ることもならない。引っ越しはよほど慎重にやらなくては後に家内《いえうち》の不幸を招きかねない、という昔の戒めはどこへ行ってしまったのか、と私は自身も承知しておきながらこだわりをのこしたが、立ち退きの期限はとうに過ぎていて、病人の先のことも知れないので、越すとなればこの間合いしかない。運送屋の手配がついたので翌日から取りかかって一両日のうちに済ますというのも、かるはずみのようで気が咎めたが、今の世の人間の決断は、あれこれ考えて迷った末のことであっても、何かと戒めの習いに縛られた昔にくらべれば、いずれ軽佻の謗りを免れないと思い定めた。

二月も末になり、朝から南の風が埃を捲いて走る日だった。空は晴れていたが、吹きあげる砂埃と工業地帯から押し出す煤煙とで、黄色に濁っていた。早くに親の家に集まった中年の兄弟四人がすぐに仕事にかかり、正午までにはあちこちから取り出された荷物が家の内に所狭く積まれ、古家はすでに廃屋の臭いになった。戦災に焼け出されたにしては物を遺して、越すたびに要らざる古物を捨てかねて運びまわってきた家のことで、押し入れには行李やら長櫃やらがぎっしりと詰めこまれ、手狭の暮らしには無用の床の間にも、カーテンで前を隠して、雑多の物が天井へ届くまで積まれていた。それらの物を引き降ろし引き出し畳の上に積みなおしてみれば、押し入れも床の間も、長年の重みにたまらず、底が抜けかけているのを、これでは重みを移したばかりに釣りあいが破れて、家が傾きはしないか、と眺めるうちに、半端なところに載せた電話が鳴り、取れば病院からで、病人の容態が変わったと伝えた。

廃屋同然となった中で一同、どうしたものかと顔を見合わせた。これから元へもどすにしても、降ろすよりは納めるほうがはるかに手間はかかる。後の掃除まですっかり済ますとなれば、夜になっても片づきそうにもない。相談の行きつくところ、このまま進めるよりほかに手もない。病院の報らせも危篤とは言っていない。この暮れ方までに荷物をすべてまとめて、運び出すばっかりにしておいて、明日は午前中に新居のほうへ送りこめば、日の傾きかかる頃にはそちらのほうも片づいて、間に合うことだろう。そうと決まると一同腰をあげて、いよいよ気負いこんで働き出し、末弟の私がまずひとり、物に動じない男と見られたか、病院へ駆けつけることになった。砂埃の吹きつける中を来てみれば、母親は声を掛けられて息子の顔をちらっと見ただけでまた目をつぶったきりになり、息は荒く、酸素吸入のマスクを付けた上に、顔から胸のあたりまで透明のビニールの、テントのようなものをかぶされていた。さっそく家に電話をして、それどころの状態でないことを報らせると、憮然として受けた長兄の声の端に、急ぎの仕事に気の立った男の息がまじり、もう人のやすむ余地もなくなった家の内が思われた。

宵から風は止んで大雨になり、その雨もようやく静まって夜の更けかかる頃に、母親は息を引き取った。家族は引っ越しの仕度を中途で置いて駆けつけた。旧居はもう足の踏み場もないほどのありさまになっていた。遺体は霊安室に移された。室とは言いながら別棟の、裏門へくだる坂の途中に設けられた古い木造の、内は狭くもなかったが小屋だった。石油ストーブが焚かれた。茶をいれる用意もしてあったが、茶碗の底に渋がこびりついているので、小屋の外の水道で洗わなくてはならなかった。夜半前に老父と姉とが、そこからまず近間になる私の住まいへ、ひきあげた。その夜はそこに泊って翌朝すぐに旧居へ駆けつけると言う。馴れぬ場所に落着かぬ様子の次兄も一緒に小屋を出て家に帰った。腰を据えたかに見えた長兄も夜明けにまだ遠い時刻に、その日のうちに引っ越しが片づくかどうかと心配して帰って行った。

後に残されて、ひとりで夜伽ぎとはまた見こまれたものだと呆れたが、身の置きどころのなさに苦しむこともなかった。医者が遺体の解剖を望んだのに父親が承諾したので、その設備のある別の病院へ運ぶために朝の九時に医者が迎えに来るまで、ここで待たなくてはならない。しかしこうしていても時間は過ぎて行くと腰を据えなおし、渋茶に苦くなった口に、誰が差し入れたものやら、四合瓶から酒を茶碗についでは呑むにつれて、酔うともなく、背がもっさりと、穢《むさ》いようにまるまってくる。死者と差し向かいに、どうして堂に入った姿ではないか、と自分であやしんだ。睡気も差さないので、線香も絶やさなかった。死者の枕もとを上から覆うような銀紙の造り物の蓮が、華も葉も塵にまみれて煤けて見える。さては自分も埃の積もった中に坐りこんでいたか、と指先で床を撫でれば、ざらっとした感触はあったが埃はついて来ない。掃除はせいぜい怠らずにいても、工業地帯や幹線道路から吹き寄せる煤煙まじりの塵が長年にわたってこびりついたものと見えた。

どれほど経ったか、小屋の外に女たちの笑いさざめく声が立って、はずむ足取りで坂をおりて行く。夜勤が果てて帰る看護婦たちらしい。裏門を抜けてさらに急な坂をくだれば、細い一本路がまっすぐに私鉄の駅の近くまで続く。これまで自身も幾度も通《かよ》ったその路を、まるで女たちの声がきれぎれになりながらどこまでもかすかに聞こえるかのように、頭の内でたどるうちに、始発電車の走る響きが伝わり、その音もやがて絶えると、ひときわ深くなった静まりの中へはるかに、耳から吸いこまれていく心地になり、うつらとしたようで、線香を絶やしはしなかったかと我に返って目をやれば、死者の面《おもて》を隠す布の端からのぞく鬢《びん》の白髪が、ゆるやかな風に吹かれたおくれ毛のように、くるりくるりと巻いて揺れている。すぐにおさまっては、しばらく間を置いてくりかえす。古い小屋だが隙間風の吹きこむような粗い造作でもない。表は風が絶えている。あやしんで眺めていると、鬢の白髪の揺れるたびに、それにひと息ほど遅れて、枕もとからまっすぐに昇る線香の煙が、その根もとあたりからわずかにくねる。どうやら、小屋の内に石油ストーブの炎の起こす対流が、その道をわずかずつ変えるようだった。

そのうちに、天井から吊りさげたまずしい電灯が、それまでは暗いとも感じていなかったが薄れていくようで、気がついてみれば、死者の面にかぶせた布から、小屋の内が白みかけていた。背後に、小屋のすぐ外を、人の動くけはいがする。振り向けばそちらの窓に掛けたさらしのカーテンに、夜はよほど明けている。思わず床を蹴るようにして立ちあがった。枕刀がわりに置かれた切り出しの小刀へ目が行った。さすがにそんなものを手に取りはしなかったが、窓の前に立ちはだかった。

カーテンを細目に分けてのぞけば表は明け放たれていて、窓のすぐ外から藪がひろがり、昨夜の大雨のなごりの露に重く垂れる笹の間へ年寄りがひとり長靴で踏み込んで、何の用にか、笹の手頃なのを選んでは切り出している。陰気な足取りが近づくように感じられたのは、ゴム長をひきずる音のようだった。夜じゅう焚いていた線香の煙は笹の上へも渡っているはずなのに、背後の小屋が何とも知らぬげな、まして窓の内から一瞬なりとも鬼のような眼で睨みつけられたとは夢にも思わぬ様子の、近所の老人らしいが、早朝の起き抜けの、気ままな仕事を眺めるうちに、昨日は風が走り、夜には大雨になり、それから低気圧のすっかり通り過ぎた夜明けの寝覚めは、どんなにかすがすがしいことだろう、とうらやんだ。

一夜の内に三十男がしばし年寄りの心身になっていた。老齢はあらゆる年齢の内にはさまる。


梅雨時に深く入るとさすがに雨がちの日が続いて、夜にはときおり大雨になる。今年の梅雨時の驟雨はとかく、風も吹かず、ひたむきに降る。太い雨脚がまっすぐに立つ。山間の集中豪雨は、土地の古老がこんな降りはこれまでに見たこともないと言うそうだが、これを極端まで恐ろしくしたものなのだろうな、とテラスから見あげる。ほど遠からぬ環状道路と高速道路の騒音も雨に隔てられ、目の前の樹々の影が一段と深く繁り、いつかどことも知れぬ林の奥に埋もれて暮らすことになったような心地に惹きこまれかけては、何を言うか、かれこれ四十六年も同じ郊外住宅地の、剝き出しの共同住宅の棟の内に根を生やしているではないか、いまだに仕事に追われる身だぞ、とつぶやきかえす。

しかし自分のような腰の重い者は論外とするにしても、今の世に生きる大方の人間が、これまであちこちへ転居やら転勤やら旅行やらで動きまわり、あるいは地の果てのようなところを見たつもりでも、老年になって振り返れば、たいして遠くには行っていなかったような感慨をとかく抱くのではないか。十里二十里の内で生涯を尽くした多くの先祖たちの、その血が今の世の人間にもわずかずつ流れこんでいて、晩年にそんなことを思わせるとも考えられる。そのまた一方では、生涯たいした「旅」をしなかった者も、あちこちへのべつ振りまわされて人心地のつく閑もろくになかったような、悔いを残す。近郷を出なかった古人と異郷を駆けずりまわった今人とではどちらが、生きる時空はひろかったか。

死んだ母親の夜伽ぎをひとりで勤めたあの何時間かは、三十代の息子にとって、背をまるめて坐りこんだままの、いささかの旅でもあった。朝の九時をだいぶまわった頃に、医者が葬儀社の車に乗って迎えに来た。遺体は車へ移され、その傍に息子が付いて、車はすでに渋滞の環状線に入り、工事中のところにかかるたびに、仮に敷かれた鉄板を踏んで揺れる。大型のトラックがすり寄ってきて、高い運転台からこちらをのぞくように徐行する。そのつど人目から遺体を庇うようにするうちに、寝台車はまっすぐ北へ抜けて遠くの大病院へ向かうのかと思ったら右へ折れて、私の住まう方へ近づいて行く。

どうしたことか、と行く手に目を瞠らされた。昨夜、母親が息を引き取った後、死者の帰る所もさしあたりなくなったので、ひとまず私の家に引き取ることにして、父親も了承したので、その旨を家へ報らせたところが、そういうわけにも行かないとしばらくして兄弟たちが言い出したようで、死者を霊安室でその夜は過ごさせることになり、またその成り行きを家へ連絡すると、三月の節句の近づく頃のことで、二人の小さな娘たちのために飾っていた雛段を、とりあえず急ぎ片づけたばかりのところだった、と妻は言う。あれからまたどういう行き違いが、自分の知らぬ間に生じたのだろう、と訝るうちに車は左手に折れて、中ぐらいの規模の綜合病院の裏手に着いた。こちらこそ私の住まいから歩いて五分ばかりの、すぐ近くになる。そんな病院のあることを知らぬどころか、つい二年前に下の娘がそこで産まれている。自身のことでは病院というものに疎くしていたので、昨日来のことに紛れて、その病院の存在を忘れていたものと見える。

どうしますかと医者に言われたが、解剖には立ち会わなかった。一時間ほども待たされるということなのですぐに病院を出て、春先の陽を襟に受けながら、長い間ろくに動かずにいたせいかよろけるような足を踏みしめて家までもどり、蒲団も敷かず、上着を脱いだだけで横になり、半時間ばかりくっきり眠って起きあがり、すぐに病院へ引き返す道々、西へまわりかけた陽を見あげて、引っ越しはとても、運送のトラックが朝の内に来るとはかぎらず道路も込んでいることだろうから、いくら兄弟たちが気負い込んで掛かっても、陽のあるうちには片づくまいなと思った。医者から解剖の所見を立ちながら聞いた後、葬儀社の人とふたりで遺体を棺に納め、また寝台車に乗せて、私の家からは遠ざかる方角になるが同じ地域の内の寺へ向かい、本堂の祭壇に棺を安置するのに立ち会った。

葬儀社に寺の手配もまかせたので、浄土真宗の東と西との違いだが家の宗旨と異り、これまでは縁もなかったばかりか、通りすがりに目に留めたこともなかったその寺に、また一夜、明かすことになった。引っ越しは夜までかかっているようだった。いつまでも片づかぬ仕事に疲れのあまり冴々とした眼つきの、肉親たちの顔が浮かんで、こんな宙に迷った境でもやみくもに、興奮に乗って片をつけてしまうよりほかにない、人の働きのあわれさを覚えた。その夜は庫裡のほうに伸べてもらった蒲団に横になり、一時間ほど眠っては目を覚まし、長い廊下を本堂まで渡って線香の火を継ぐということをくりかえすうちに、本堂と庫裡の継ぎ目あたりに扉のあるのを目に留め、押して狭い裏庭に出て、ひさしぶりに煙草をふかしていると、軒の先が白みはじめた。自分は役目として、すこしは死者の側に寄っていたかと思った。

翌日は通夜になり、その夜も兄と一緒だったが庫裡に泊った。また翌日は告別式から斎場へ向かい、斎場から寺にもどって遠来の親類のために初七日も済まし、それから遺骨をようやく新居へ落着かせて、夜半に自分の家にもどると、さすがに長い旅をしてきた心地がするその一方で、ただ近間をぐるぐるとまわっていただけではないか、と首をかしげもした。どこもいずれまた縁遠いところになるのだろうと思った。しかし後年まで縁は切れないことになった。

その十年後、比叡山に時鳥を聞きに行った年の、七月の梅雨明けの炎天下で父親が倒れて、母親の亡くなった病院へ運ばれ、翌年の六月にさらに転院した先の病院で亡くなった。その病院というのが母親の葬儀を出した寺からほど遠からぬところにあった。父親の葬儀は母親の年々の法事に来てくれたお寺さんの縁でほかの土地の、真宗の東の寺から出すことになった。

それからまた二十何年もして、私の家から歩いて通える産院で、長女が二人の子供を産んだ。それと前後して次女も二人の子供を産んでいる。上の子は私の母親が夜伽ぎの明けた朝に寝台車で運ばれた病院で産まれた。次女自身の産まれた病院でもある。下の子は私の母親の息を引き取った病院で産まれた。どちらの病院もすっかり改築され、昔の影ものぞかせなかった。吉事と凶事との妙な因縁を想わせることもなかった。

いや、年寄りの記憶は近年の事こそどうかすると前後があやしくなる。娘たちの出産の間に、八年も前になるか、私自身が家からすぐ近間のほうの病院に入院している。一時は周期的に起ける発熱に震えるほどのものだった。そして三年前には二度にわたり、そこの病院で手術を受けることになった。最初の手術から退院した後で、悪い物が検出されたと医者に告げられた。ひととおりの話を聞いて家へ帰る道々、梅雨の晴れ間の爽やかな陽差しを浴びながら、この平静がいつまでもつのだろうかと思った。母親の遺体を病院に置いて早春の陽に温もって一睡のために家に帰ったのと同じ道になる。もう四十何年もこのあたりで暮らしたことなので、そこの病院で果てることになっても、別段、異存もなかった。

二度目の手術も済んで、深刻な兆候もなかったようで、検査の映像のかぎり転移の形跡はないとつとに言われていたので、まもなく起きて歩くことも許されるようになると足ならしのために日に幾度となく病棟の廊下を歩きまわり、東のはずれの非常口のところに来ると足を停めて表を眺めた。やや遠くに我が家が見える。我が家と言っても私の住まう二階は樹々の下に没して上のほうの階だけがわずかにのぞく。いつのまにか木隠れやがったな、と苦笑させられた。十月も末の、時雨のようなものの走る日もあったが、大気の澄んだ朝には自分の住まう建物が手に取るように近く見える。すぐ近間でも、まだ手術後の衰弱の残る身には遠い道になる。なまじ半端なところに留められているなと眺めた。

病院の朝の起床時刻よりもだいぶ早くに、今日の準備にかかるらしく廊下を往き来する人のひそめた足音へ夢うつつに耳をやるうちに、いつのまにか平屋の棟に寝ているようで、すぐ表からゆるい坂道になり、夜の白み出した空へ向かってひとすじにくだり、人ひとりの通る間を余して両側から枯草のまだかぶさる朝露の路を、寝間着のまま家のほうへたどる自身の背が見えて、下りはともかくこの足でもよろけながら行けるだろうけれど、下りが尽きれば上りになるので、さぞや死ぬ思いがするだろうな、と大まじめに思案しながら眠りこんだ。窮地を脱してきたところなのに、感心しない夢を見る、と覚めてから眉をひそめた。

また入院の日数を重ねて、ある夜、未明も深くなる時刻と思われたが、廊下にしきりと足音がする。あちこちの部屋から病人の訴えの呼び出しがかかるらしい。さては表は低気圧が通りかかって雨になったか、とそれまでの入院中の体験から察した。しかし自身、息苦しくも何ともない。むしろいましがた寝覚めしてから、心身が妙にやすらかに、静まっている。これにくらべれば夜半に眠る前まではまだ病人であった。快方へ向かうにも、峠を越えるとでもいうような、境があるものらしい。得体の知れぬ熱を出した後から日に日によくなったという話も聞いた。それにしてもこのあやしい心身の澄明さはあるいは恢復へではなくて、それとは逆の方へ傾く境目でもあり得る、いや、老いて病んだとなればどちらでも、多少の昇り降りの紆余はあっても、つまるところは同じなのではないか、とそんなことを考えても平然としている自分に、年は取るものだと感心しながら、もしもここで心身がすっかり軽くなり、病床から浮いて天井も抜け、宙空にまであがって鳥となり、ひと声ふた声鳴いたとしたら、我が家のテラスからその声を聞き取るだろうか、とまた奇妙なことを考えた。これでは自分が二重に、病院の床から宙へ浮いてあがるのを思う男と、すでに家に帰って寝覚めのテラスから病院の方角へ耳をやる男と、二人同時にいることになる、と呆れて払いのけた。いずれ近いうちに退院になる。

あれは十月も末の、時雨でも走りそうな夜のことで、鳥が鳴き出すわけもない、とそれから三年近くも過ぎた梅雨の夜の、木隠れたような住まいのテラスからまた呆れて病院の方角へ耳をやれば、道路の轟きばかりが伝わってくる。ましてあの病院は環状線によほど近くなる。雨の夜にはその道路の騒音が胸の上にまともにのしかかってくる。しかしときおり、交通が途絶えるわけでもあるまいに、何かの加減で、ふっと静まりがはさまる。すると聾されていた耳の内から、聞こえるはずもない声が細く立つことがある。病院の内にもさまざまな機械の音がかすかにこもるので、つかのま微妙な共鳴から成る響きが人の空耳を誘うのかもしれない。あるいは騒音の静まりに感じて深い息をついた病人の、その吐息にまじる喉声が、空耳となって宙へあがったか。鳥が鳴いて、そして病人は誰もいないテラスを、これからも寝覚めに主人《あるじ》のすわることもない椅子を、見ていたのではないか。何をいまさら告げようとする。

——かのかたにはや漕ぎよせよ郭公《ほととぎす》

道に鳴きつと人にかたらん

古歌が浮かんだ。かのかたとは渡しの向岸のことだが、あるいは彼岸の、あの世のことも踏まえてもいるか。となると、道すがら自身の最期を悟った者がその驚きを、すでに彼岸に渡った人に語ろうとして急ぐということになるが、そう取るのはやはり曲解というものだろう。道でひとり時鳥の、おそらく初声を耳にした者の心の浮き立ちと、折角のことを告げるにもさしあたりまわりに人もいないもどかしさとを詠んだものと、尋常に受けるべきだ。貴人の邸の屏風の、渡しの空に時鳥の鳴く絵に寄せた歌なのだそうだ。不吉なようなことをほのめかす場合ではない。しかし、かのかたにはや漕ぎ寄せよとは、何事かと思わせる。

人違い

暑い夏だった、と人の振り返る声を耳にすれば、秋口の病みあがりのつぶやきが聞こえる。食べ物にようやく味がついてきた、と言う。秋風が立って味覚がもどってきた、その安堵感ではあるが、息はまだ細くて、夏の盛りの、床に臥していても身のやりどころもなかった重苦しさを、いまさら反芻している様子に見える。ひと夏、寝ちまったよ、と表へ出られるようになって人にこぼすのは、いつのことやら、と心もとなさそうにする。

暑い夏でした、と秋口の焼跡でたまたま出遇った以前の近所の者どうしが、立ち話に誰彼の消息をたずねあっては、その合間ごとに陽を照り返す瓦礫の原を見渡して、どちらからともなくつぶやく。あの敗戦の年は、東京では夏の来る前にあらかたが焼き払われていた。それに梅雨がいつまでも続いて、本格の炎天となったのは八月に入る頃だった。焼け出された上に敗戦の民となり、八月の猛暑がよけいにこたえた。栄養の足らぬことも手伝って、病みあがりに近い。焼け出されて逃げた先からそそくさともどり、間借りだか居候だか、よその家に身を寄せて、暑さもおさまり、閑を覚えるようになった頃に、焼けた我が家の跡を、見ても詮ないことなのに、不便な乗り物に詰めこまれて、わざわざたずねる。踏ん切りをつけるためにか、それとも、先の見通しのつかぬあまりのことか。

人の消息もたいして知れぬままに尽きると、自分らこそ、ここで顔を合わせていることが奇遇に思われてくる。ひきつづき取りとめもなく衣食住の不如意をこぼしあいながら、見渡すかぎりの焼野原の中で、行き暮れたどうしの、影をぽつんと落として立ちつくす姿になる。

子供が立っている。袖なしの肌着にくたくたの半ズボンと、彼岸も近いのに真夏の身なりのまま、秋風に吹かれている。手足はあわれなほどに細って、目も落ち窪んで、しかしその窪みの底からいっぱいに見ひらかれている。一心に見つめている。じつは何を見ているのでもない。仲間がそれぞれ散って、ひとりになったところだ。家へ帰るにも、にわかに疲れが出て、足が重たい。ただ所在なさ、ひもじさから、目を瞠っている。放心してひらいたきりの目におのずと、涙がうっすらと滲じむ。衣食の足りた国から来た客なら、子供の目は輝いていた、と国に帰って伝えたかもしれない。

——どこかで見たような顔だね。

酒場の女主人《おかみ》がカウンターの内から頰杖をついてしげしげとこちらを見る。覚えはないけれど、と私は答えた。どこかで人に顔を見覚えられるような因縁もないと思われた。それは、あなたが覚えているわけはないわね、と女主人は妙なことを言って、わたしだってまだまだ若かったのだからと苦笑した。ひっつめの髪に白いものがまじっていた。いくつになるの、とそれからたずねた。この秋で二十歳になると正直に答えると、そう、それなら空襲の時には七つか八つね、とひとりでうなずく。終戦の年にと言わずに、空襲の時と言った。五十の前後に見えた。若い者には女性の年齢などわかるわけもない。自分の母親の年齢になぞらえたまでのことだ。そう言えば母親も空襲下、自分の手を引いて走った時には、十二年あまり前の事だから、まだ三十代、四十の手前の年だった、といまさら数えた。そうなの、と女主人はこちらの顔をまた眺めていたが、ちょうどカウンターの端の客に呼ばれ、頬杖をほどいて立った。

鉄道に近い裏町の、カウンター席ばかりの小さな酒場だった。二人の連れと来ていたが、二人とも私より年上で、こういうところにも馴れているようで、焼酎を呑みながら唯物論だの実存などと議論に熱中していた。私はそんなことにも疎くて二人からはずれ、酒も呑みはじめの頃だったので、いつまでも明かぬグラスを前にして黙りこんでいた。

客はわれわれ三人と、端のほうに中年の男が一人いるだけだった。まだ宵の内のことで近くの線路を電車は走る、夜汽車は通る、貨物列車も来る。そのたびに轟音が降りかぶさり、やがて地面が揺れる。客はさすがに口をつぐんで、女主人も手を止めてうつむき、商売のことも忘れたように立ちつくす。カウンターの止まり木と呼ばれた椅子は当時よほど高くて、大の男でも足が下に着くか着かぬほどで、それだけに地面の揺れが伝わる。列車が遠ざかるにつれて、店の外からか、店の内の物の隅からか、蟋蟀の声が耳についてくる。椅子の下は土間だった。昔の小さな商店の、店口でもあったらしい。虫の声につれて、土間の湿気が足もとから膝にあがってくる。腰まで染みるようで、夏負けのなごりの、病みあがりのような、からだのあやうさを、若いながらに感じさせられた。表はまた雨だった。あの夏も猛暑が続いた末に、秋口にかかり天候が急変して、長雨となっていた。

——いつのことだったの。

女主人が私の前にもどって来てまた頬杖をついた。いつのことって、何が、と聞き返すと、空襲に焼かれた夜のことよ、と言う。五月の二十四日の未明、と隠すいわれもないので答えた。やっぱりそうだったの、と女主人は幾度かうなずいた。とまどう若い男をはげますような目から、わたしの顔、うっすらとも覚えていないとたずねて、こちらが返答に詰まっていると、覚えているわけはないわね、まだ七つ八つの子供のことだから、と取りなしてひとりで感慨にふける目つきになった。言われてみると私の内にも、あの夜、見知らぬ女性に声をかけられたような、防空頭巾にモンペ姿の影が浮かびかけたが、しかし火をのがれ大通りまで落ちのびて、ただぞろぞろと群れて歩いていた罹災者たちには、人に気づかうゆとりなどなかった。人の顔を見もしなかった。まして子供は大通りの上に立ちこめる白煙に苦しんで目もろくにあけられずにいた。ところが、女主人は言う。

——あなた、知らない小母さんに、お握りをもらったでしょう。

一度に記憶が甦った。女主人にさらに、お母さんとお姉さんらしい人と一緒に道端にすわりこんでいたわね、あんまりあわれな顔をしていたので、不憫になって、と言われてたしかなこととなった。夜のもう白らみかける頃だった。頭上の敵機の爆音はとうに引いていたが、高台のほうでは火の手が今を盛りにあがっていた。進むか停まるか迷っていた人の群れが順々に路上にしゃがみこんだ。その中から女性が小走りに抜け出してきて、握り飯をひとつ私に差し出した。

——ああ、あれはうまかった。ありがたかった。今でも忘れられない。

ようやく答えて、握り飯へ両手を差し伸べたことを思い出した。夢中になってかぶりついた。女の人があの時何を言ったものやら、どちらへ去ったものやら、覚えもない。あんなうまいものを食べたことはこれまでない、これからもないだろう、といまさら涙が滲みそうになった。しかし戦後まだ十年と少々の頃のことで、うしろめたい気持も残った。

——でも、どうして、大切な握り飯を、見も知らない子にくれてしまったの。

女主人はそれに答えて、あの夜、宵の口にも雨が走ったので、今夜は大きな空襲はないと思っていたのに、虫の知らせだったか、お櫃に残った、朝に食べる分だった御飯から、お握りを四つこしらえておいたのと言う。

——家族の分ではなかったの。

——子供と二人暮らしよ。あなたと同じ年の男の子。警報が解除になったらしいとささやきが伝わってきたので、道端にしゃがんでお握りの包みをひらいたけれど、子供はひとつ食べるのがやっとで、喉が詰まってしまってもう入らない。怯えきっていたもので。近くでしょんぼりしているあなたを目にして、お握りをあげて早足でもどってきたら、地べたにへたりこんで、うつらうつらしてましたよ。

煤煙のたちこめる東の空にいきなり掛かった、輝きもないままに血のように赤い大きな太陽が、私の目の奥にまた掛かった。

——無事でしたか、お家は。

——きれいさっぱり。無事だったのは、防空壕の中だけで。こんなことならこの中に留まっていたらよかったと思ったけれど、逃げなかったら蒸し焼きになっていたところね。親子、抱き合って。さて行くあてもなし、女手ではバラックをつくれるでもなし、防空壕の中で梅雨時まで暮らしたの。子供は死にました。ひどい下痢の末のことで、疫痢などと疑われたけれど、あれは栄養失調だわ。

——大切な握り飯を、ひとつ取ってしまった。

——莫迦ね。あれから一年あまりも後の、真夏のことよ。でも、あなたに遇えて、よかった。なんだか、胸の閊《つか》えが降りた気がして。

それきり顔を伏せて、頬杖の掌に頤を沈めた。涙ぐみそうな目もとから、ほのかな笑みがくりかえしひろがる。一年あまりの隔たりはあるというものの、私はやましさに責められ、ひょっとしてこの人は私をいたわるために嘘をついているのであって、子供はやはりあの直後に亡くなっているのではないかとも疑われて口もきけずにいると、女主人は顔をまともにあげて、翳りも見せず、話題を変えるようにたずねた。

——あなたのところも焼かれたのね。あの三人の様子では。

——家の燃えるのを見てから、逃げてきました。

——どこなの。

——どこって、荏原のほうの。

——荏原って、どこ。あの荏原区のことなの。

——大井町線の。

——そんなことはないでしょう。あたしは、あの夜、芝のほうにいたのよ。

なじるような声をもらすと、目を大きく見ひらいて私の顔を見つめる。その目の光が遠くなり近くなり、近くなり遠くなり、やがて頤をぐったりと、白いもののまじる頭がまともに見えるまで、深く頰杖の上に落として、眉間に皺を寄せているようで、身じろぎもしなくなったところへ、表からまた轟音が降りかぶさり、今度は貨物列車らしく、線路の継ぎ目を踏む音がいつまでも続き、地面がそのたびに深くから突きあげ、ただその音に私は耳をあずけて、箱形の、平台の、円筒の、貨車をまるで一輛ずつ、黒い奇っ怪な物の夜の行列でも見るように耳で追ううちに、音は遠くなり、かすかになり、ふっと途絶えて、女主人が思いのほかさっぱりとした顔をあげた。

——人違いだったのね。お握りをあげたのと、もらったのと、それだけがほんとうにあったことで。わたしも人違い、あなたも人違い。でも、おいしかった、ありがたかった、と聞けてよかったわ。あんな夜には誰でも同じような顔、顔が同じなら同じ心になるんですものね。場所は遠く離れていても、まんざら人違いでもないのよ。

そう言うなり立ちあがり、ほかの客の世話を見に私の前から離れた。ちょうど戸口に声がして、また雨か、夜になるとかならず、あらためて降ってきやがる、とこぼしながら三人ばかりがどやどやと入ってきた。ひとりになり私は酔いのようやく差してきた頭で、いましがたの女主人の、わたしも人違い、あなたも人違いと言ったのを、聞いてとっさに腑に落ちたけれど、不思議な言葉であったようにつぶやき返した。あれは今、この店で、まず女主人に、遅れて自分に、起こった人違いだったが、もしや昔、あの空襲の夜にすでに起こって、長年持ち越されたことではなかったか、両方の内に、とこれこそ妙なことを考えた。差し出された握り飯へ赤児のように両手を伸べる姿がまた見えた。まだうっすらと路上に立ちこめる白煙の中から女の人の姿が現われ、不憫げに涙ぐむ顔まで見えかかったところで、間違いとわかってなじるように瞠った女主人の目に遮られて紛れた。出会うということは、じつはすべて人違い、人違いであればこそ出会いなのではないか、とさらに遠い道をたどるように思ったが、それではいつどこで出会ったことになるのだろうとまた考えて、考えあぐねるうちに睡気に負けたようで、ひきあげるばかりになった連れたちに肩を揺すられて我に返った。

連れに遅れて店を出て裏小路に立つと、右手のはずれの家と家との隙間を下りの夜汽車が通る。居眠りする間に鉄道の騒音に耳を聾されたせいか、音もなく行くように感じられた。ぎっしりと詰まった客車が一輛ずつ、たちまち通り過ぎるのに、くっきりと見える。赤い窓に額を押しつけて表をのぞく子供がいる。わずかな荷物を膝の上に抱えこんでうなだれる女がいる。

——品川も過ぎてこの辺まで来るとようやく、ほっとするんだか、気が抜けるんだか、睡くなるところね。あまりいい思い出もないわ。思い出のよくないことはとかく幾度も、そっくりくりかえすものでね。

店の中でくるくると働いていたはずの女主人がそばに立って、通り過ぎる列車を見ていた。すっかり見送ってから、

——今度来る時にはもう、人違いもないものね。もう来なくてもいいのよ。わたしも今夜の間違いで気が済んだようなので、立退きを迫られてもいることだし、店をたたむことにしました。

そう言って手を取った。おおい、二人でそこでなに、いいことしてる、最前からひそひそと、あやしいと思っていたぞ、と小路の左のはずれから、連れが叫んだ。そうよ、十年越しの仲ですから、と女主人は負けずに返して手をほどき、指先だけでもう一度握ってから、行きなさい、と言って引いた時、息のなくなった子からそっと手を放す感触を私は受けて歩き出した。

夜来の雨が朝から間を置いては盛んに降るままに暮れ方になり、仕事部屋の窓が明るんだので、思いのほか早くあがったかと表をのぞけば、西日はさしながら、篠突くと言うにふさわしい雨が変わらず降りしきり、小止みになりそうにも見えない。夕日にも照らされずにまっすぐに立つ雨脚に隔てられて、西へ向いた建物の壁がうっすらと赤く染まっている。朝方に台風が尾張の知多半島に上陸して美濃から越前へ北上した日のことだった。九月に入ってから十日近くもおおよそ雨天が続いている。八月のなかばに長かった猛暑が一転して雨がちの天候になってから数えれば、もう二十日あまりにもなるか。そう数えるうちにあたりが青く光って、頭上から雷鳴が叩きつけた。一声だけで、雨は勢いを増すでもなかった。

雨にすっかり暮れたかと思われた頃に、北の窓から西のほうへ目をやると、乱雲のひしめく空の、西から北寄りの、地平に近い一郭が横へ細くわずかに透けて、沈みきらぬ落日が浮いている。夕映えは雨の中へかすかにも渡らず、陽は輝きも失せて凝りながら褪せて行く。この年は梅雨に入りかかる頃から、曇天の落日がどうかすると怪しい、凶相のようなものを剝くことがあるのは、日没時の空が乱れがちのせいだろうか、と眺めていたが、あの太陽もすぐに、沈むまもなく、暗雲に呑まれるか、と思うと堪えがたい気がして窓を締めた。その夜も雨はしきりに降って翌日まで持ち越され、雲はさらに乱れて、正午頃には大雨が走ったが、午後から曇りにおさまって、台風の影響も過ぎたかと思われた頃に、鬼怒川が決壊して流域に大水が出たと知らされた。テレビを見ればまさに大水、見渡すかぎり田畑を埋め、家屋を呑みこんで、濁流がまだ逆巻いて走っている。

水没しかけた家の屋根の上やテラスから、ヘリコプターの救出を待つ人がいる。濁流の海をすぐ目の下にして、さぞや生きた心地もないことだろう。電柱にしがみついている男もいる。ストアーだろうか屋外駐車場だろうか、屋上に大勢が立っている。朝にかけてしきりに出された避難勧告を大雨の中で耳にしながら逃げそびれて、午後になり大水に捕ったようだ。取りもあえず逃げるか、逃げそびれて機を逸するままになるか、微妙な分岐点はあるらしい。

子供の頃のこと、大雨の朝に家の内も暗いので居間の電灯を点して、家族揃って朝食をしたためるうちに、お互いに口数がすくなくなり、やがて黙りこんで、雨の音ばかりが刻々と重くなり、その中で取りこみ中の腹ごしらえのようにそそくさと飯を掻きこむ家の者の顔が普段とは異った面相を剝いたように見える。朝食を済ませればそれぞれ急いで身仕度を整えて、はずみをつけて雨の中へ飛び出して行く。大水の出る土地でもなかった。あるいは父祖の地が古来水の害に苦しめられ抜いた美濃なので、その名残りの何かが埋めこまれていたのかもしれない。

黙々と朝食をしたためるその間、音質の悪いラジオから、敗戦後まだ三年ばかりの頃のことで、戦災で行方知れずになった縁者や知人の消息を問い合わせる、「尋ね人」の声が流れている。聞いているほうもおのずと、行方不明のままの肉親はなくてもひさしく人を尋ねているような、我が身も行きはぐれているかのような心地になる。私の家にも戦地から消息の届かなかった血縁があり、終戦から何ヵ月も過ぎてから、帰らぬ人になっていたことを知らされた。

父祖の地には私も東京で戦災に遭ってから身を寄せていたが、折から長梅雨の、もとより湿潤の風土に苦しんで、水が合わないと言われ、腫れ物をこしらえては熱を出していたが、子供の恐れていたのは水よりも火、まもなくこの城下町もかならず焼き払われるという予感だった。その戦争もとうに終ったのに、朝の雨の音の重くのしかかるのに感じて電灯の笠もかすかに揺れるようなその下で、家族が黙りこんで箸を忙しく運ぶ間に、いまにも箸の手の動きが同時に止まり、おたがい目を見合わせて遠くへ耳をやる、そんな境に入りそうで、子供はひそかに、いまかいまかと怯えていた。

水の出ない土地なので大雨に家の屋根が潰れでもしないかぎり何事も起こりようがなく、それぞれ雨の中へ出かけて、子供もありあわせのぼろ傘に雨の重さを支えて学校へ向かう道々、豆腐屋の店さきに出した大桶に放りこまれた朝の仕込みの滓《かす》のオカラから、路上の雨脚の中へ濛々とあがる湯気などを眺めては、毎朝と変わらぬ光景に安堵しながら、逃げる機を逸したような、落着かぬ気持をひきずっていた。今から思えばおそらく、空襲の夜に防空壕の内から頭上をくりかえし低く通る敵機の編隊の爆音に耳をやるうちに、何かの雰囲気が変わったのか、ふっと三人して顔を見かわして、形相の変わった瞬間のあったことが、子供の内に残っていたのだろう。それからでもだいぶの時間、防空壕の中に留まっていたものだ。逃げ出したのは家に着弾してからのことで、あたり一帯火を噴く寸前の煙の中を駆け抜けて、危いところだった。

人はすぐ先の事でも、予知する能力はまずないと思われる。しかし相互の間には、沈黙の内に、顔つき目つきに、予知の兆しかかる瞬間はあるようだ。その場ではそれきり打ち捨てられて、後で命からがら、後悔によって恐怖をつのらせて逃げ惑うこともあれば、何事も起こらず、その時は済んでも、その予知の瞬間はときおり理由《わけ》もなく起こる胸騒ぎとなってあらわれ、いつかは現実となって思い知らされることもあるのだろう。しかしまたその胸騒ぎですらひとりきりのことではなくて、人との相互の反応を待って縁から溢れるものらしい。

今夜も敵の襲来はありそうもないと誰しも思った雨もよいの宵に、虫の知らせだったか、握り飯を四つ、自分と子供の分をこしらえたという酒場の女性も、戸外へ光が洩れぬように笠のまわりに暗幕を垂らした電灯の下で子供と夕飯をしたためるうちに、屋根を叩いて雨が走ったか、遠くで人の叫ぶような声が立ったか、二人して目を見かわし、胸が騒いだのではないか。それまで春先から遠い近い空襲に幾度も怯えてきた末のことである。今夜こそこれまで、と追い詰められたこともあったはずだ。何があってもせめてこの子にはひもじい思いはさせたくない。私の母親も前の晩に、大事にしていた小豆を、明日は御飯に炊きこんで食べてしまおうと思い立って、水に漬して台所の流しに置いたきりにしてきたことを、一日遅かったわね、と避難した路上で悔んでいた。あれも虫の知らせで、夕飯の時に母子三人ふっと顔を見合わすことがあったのか。雨戸を閉めていたので表の様子はわからなかったが、あの頃にはもう雲が切れかかっていたのかもしれない。悪い予兆には男よりも女のほうが、とりわけ子連れの女は感じやすい。

路上に坐りこんでやや落着いて、握り飯の用意を思い出した時、虫の知らせにまかせてよかった、とあちらの母親は息をついたことだろう。しばしの安堵はあっただろうが、今頃は家も焼かれて防空壕にも火が入ったことだろうと思えば、わずか四箇の、大きくもない握り飯に、徒労感を覚えたかもしれない。まして子供は一箇をようやく食べただけで、胸が詰まって、すすめても手を出そうともしない。ひよわな子であったらしい。そうでなくても、栄養不良が続けば食欲までが衰える。ひとつ残った握り飯を、甲斐もないように悲しんで眺めるうちに、すこし離れた道端にへたりこんで心ここにない、あわれな子供の姿が目に留まる。

非常の時には、人はどうかすると意外な行動に出るものらしい。追い詰められて非道に走ることもあるのだろうが、我が身大事、我が子大事と逃げ惑った末に、利害も関係も忘れて、人を助ける。すべてを失ったと感じる者にしてようやく起こる、善意と取るべきか。それとも、行き迷った心の、やるせなさからか。あるいは、自他の差も緩んでしまった境に入ったということか。

わたしも人違い、あなたも人違い、と酒場の女主人の言葉があの夜、店を出て雨の道をたどる間も、どこまでもつきまとったものだ。傘の骨が一本折れているので、どう差しても肩が濡れる。靴も底のどこかが破れているようで水気をふくむ。店で女主人と話している時にも、足もとの気味の悪さに苦しんで、土間の湿気を避けて、高い止まり木から垂らした脚を屈め気味の、子供っぽい恰好をしていた。

わたしはあなたの顔を見て人違いをしたけれど、あなたもわたしの話を聞いて人違いをしたのよ、おたがいさま、と女主人は今夜のことを言ったはずなのに、すでに空襲の夜からのことであったような気がひきつづきしてならない。女主人にとっては、空襲の夜から一年あまりもして亡くした子と、空襲の夜に残りの握り飯を恵んだ、おそらく両手を差し伸べたに違いない子と、面影が長年の間に重なって、その面影がまた、今夜現われた青年の顔にうつったということは考えられる。人違いとわかってしばらく目を瞠ったあとは、さばさばと振舞って見せていた。私のほうはあの空襲の夜、握り飯を恵まれて、誰とも訝らなかった。手を伸べるばかりで、人の顔は見ていなかった。その後も、面影らしいものも見えない。十何年の歳月はそこにありようもない。

まんざら人違いでもないのよ、と女主人は取りなした。私もうなずいていた。あの時も私はたしかに、いましがたのことではなく、空襲の夜を思っていた。両側の家並みを強制疎開で取り壊わされてひろくなった大通りの、白煙の立ちこめるその中に、大勢の避難者が坐りこんでいる。高台のほうの炎上を見あげるのにも疲れてうつむく人の群れの中から、霧のような煙を分けて、女の人がこちらへ来る。知り人の子に遇ったように。子供も知り人に遇ったように、握り飯へ手をのべる。そのまま十何年も経てめぐりあう。人こそ違え奇遇、そんなこともあるものだろう。理は通らないが、なまじの考えでは解けそうにもない荷を負わされた気がして、そう感じる自身がまず、いま何者であるのか、と怪しんで雨の中を行くうちに、

——おい、なにもたもたしてるんだ。女と初めて寝てきたような、神妙な顔をしているぞ。

連れが振り向いて笑っていた。この雨にぼろ傘を差してそれどころじゃないと返したが、言われてみれば、街頭で人目に立ちそうな、思いあぐねた顔をしていたようだった。湿った服の襟もとから、女の肌の匂いがふくらんだ。人違いとわかって目を大きく見ひらいた女主人のつかのまひろげた匂いにも似ていたが、嗅ぎ分けられずにいるうちに紛れた。男と女の出会うのも人違いの最たるものではないか、人違いでなければ深くもならない、じつは見も知らぬはずの死者と取り違えていることもある、と埒もなくなった妄想を引きずっていた。最寄りの駅舎の灯が見えてきた。

改札口のところで連れたちと別かれて私鉄に乗った。夜の更けがけの終着駅からだったので楽に坐われて運ばれるその間、人よりもよほど濡れているようで、隅の席に遠慮して肩をすぼめていた。魂が抜けたみたいだなと別れ際に連れにもう一度顔を見られたので、よけいに周囲に気がひけた。市街地を抜けて暗いところにさしかかった頃、夜更けの電車にはひと車輛にかならず一人ぐらい、その夜の明ける前に死ぬ者がいるものだ、と怪談めいた話の好きな男の言ったことが思い出された。生活に行き詰まって自殺した人の話が、事業主の一家心中など、し

ばしば伝えられる頃でもあった。死ぬ了見など自分にはまるでないけれど、人違いをされて、魂がすこしばかり宙に浮いて、いまこの車輌の中でかりそめにも、その夜の内に失せる者の役を負わされているのではないか、としばし憮然とさせられた末に、今夜の自分は周囲から切り離されているようでもあり、それでいて誰とでも取り違えられそうでもあり、ならば生きながらの、じつはとうに子供の頃に死んでいたのも忘れて安穏と生きている幽霊みたいなものか、とようやく苦笑が洩れて、まもなく最寄りの駅に着いたので立ちあがり、改札口をすたすたと抜けたところであたりを見まわし、ひと駅手前で降りてしまったことに気がついた。

いつもとは逆の方向から帰って来たので勘がつい狂ったものらしい。どの道、家までたいして距離も変わらないのでそのまま歩き出した。変わらず降る雨の中で傘の骨の折れたところを右へやり左へまわすのも面倒になり、いっそ前へ傾けて雨を分けた。やがて一本道になり、ゆるやかに下って先のほうでまたゆるやかに上っているのを、坂道だったのか、といまさら眺めた。下りの尽きるあたりが、遠い灯を受けて、小広い窪地になっているのがくっきりと浮かんだ。雨靄を白くこもらせている。周囲に家が建てこんできているけれど、あれは昔の沼だったのではないかと思った。

あなた、いまどこに住んでいるの、と声が雨の音の中からふくらんだ。

いまどこと言われても、と答えあぐねている顔が見えた。

鬼怒川に大水の出たその翌日、東京では晴れあがり、ひさしぶりに青い空が仰がれたが、南のほうに白雲がしきりに湧いて、午後から上空に押し出て暗くなった。そのまた翌日には早朝にかなりの地震があり、その日も四方に乱雲が立って午後からひろがり、天気が崩れるかと思ったら、暮れ方には晴れ渡った。しかしそれからまた雨もよいの天気が続いて、夜来の雨が昼夜降りしきった日もあり、まるで梅雨時がそのまま、いくらか肌寒くなっただけで持ち越されているようで、長かった酷暑は、あれはいつの夏のことだったか、と首をかしげさせられた。

鬼怒川の決壊したその前々日、台風が本州に近づいて東京でも雨の降りしきる中を、ちょうど三ヵ月に一度の検診の日にあたっていたので近間の病院に来てみれば、こんな日のことだから人はすくないだろうと踏んでいたところが院内は込みあって、例によって大多数を占める年寄りの姿が三ヵ月前よりも、人はあらかた違うのだろうが、どれもひときわ老い屈んで見えて、やはり長雨の空は目に見えぬ重荷となって背に肩にのしかかるのだろうな、と我が身のことが顧みられた。明日は荒れるので今日のうちに、台風の過ぎるのを待てず、雨を押して駆けこんだ人も多かったのだろう。

台風が本州を抜けたと伝えられた夜には、東のほうの空に薄雲は流れながらその合間に星がのぞいた。雲間がしばらくひろがると、小さな星が幾つも現われてまたたいた。もう長年忘れていた眺めだった。鬼怒川の大水はその翌日の午後になる。続く雨天に苦しんだ末に、台風がとにかく過ぎたと聞いて、警報も出された大雨の中を、病院に出かけた人もあったのだろう。

市の広報車から退避を呼びかける声が雨の音に紛れて聞き取れず逃げ遅れたと話す人もいたそうだ。土堤を打つ濁流の激しさが、音にまでならなくても、切迫の気配となって伝わってくるのに感じて耳はおのずと鋭敏になりそうなものなのに、しかし今の世の住まいは警戒の声ばかりか、地を覆って降る大雨の音すら、軒のあたりの騒がしさのほかは、隔ててしまう。軒というほどのものもない建物も多い。雨の音に寝覚めた心を、古人はよく歌に詠んだ。軒端を叩く音から野山に沿って遠くまで、生死の境まで、雨に運ばれる心であったらしい。あるいは雨がはるばると寄せて、ここに横たわる身を抜け、この身を無きにひとしいものに、草葉の下に変わりもないものになして、さらにはるばるとひろがる。わびしさに、なにがしかの自足もあったようだ。雨の音を聞く心に、厄災を思う先祖たちの畏れもおのずとひそんでいたかと思われる。

それにひきかえ今の世の人間の多くが、とりわけ年寄りが、表の音の入らぬ、入ってもふくらみもない中で、眠るのに苦しむ。表の騒音に悩まされることもあれば、表の音に隔てられて眠れぬこともある。本人はそれに気がつかず、頭の内のざわめきを託《かこ》っている。壁の薄いアパートのひとり暮らしでも、周囲が寝静まってしまえば同じことだ。表の道路の車の音が夜半を過ぎても絶えぬ部屋でも、無機質の音はやがて無音にひとしくなる。

心が乱れて寝つかれぬ夜にはまだしも、このまま明けるまでまんじりともせずに過ごすことになるかと思われる頃に、思い乱れる力も尽きて眠りに落ちる。しかし無音に閉じこめられた夜には、頭が痼《しこ》り、それでいてからんと張って、睡気も差さない。人が物を思うのは表の音に感じてのことらしく、過去のことはおろか、昨日今日のことも思い出せぬようになる。固く張った頭にときおり、些細な記憶が場面ばかり浮かんで、その前後へそろそろと糸を手繰るようにして、つれて睡気の差してくるのを待つが、繰り出されてきそうになったところでふっつりと切れる。どうでもよさそうな記憶にも禁忌がひそむかのように。

ある夜、部屋に木犀の匂いの漂っているのに感じて、しかし彼岸までにまだ日数はあり、それに夜中に花の蕾がほころぶものだろうかと疑ううちに、その暮れ方に雨の中を歩いていると木犀の匂いがほのかに伝わってきて、どこからだろうと立ち止まってあたりを見渡したことのあったのを思い出した。ついこの暮れのことなのに、遠い記憶の匂いをふくんだ。

——ここのところ、よく眠れるよ。窓の外の音が耳に通るようになった。あそこの樹な、あれはモチノキらしい。あの葉が風に吹かれ、雨に打たれ、さわさわと鳴る。墓石の間を抜ける風の音まで伝わる。耳をあずけるうちに眠ってしまう。俺としては早寝になったので夜明け近くに目を覚ましかけることもあるが、表で夜の白むのをまるで音に聞くように、耳をやったまままいつか眠っている。この夏の間は、夜昼、寝ていたんだか覚めていたんだか……。

雨が降っていた。あけはなった二階の窓になにやら甘い匂いが暮れかかる墓地を渡ってくる。あの酒場の夜の連れのひとりの、奈倉の声だった。あれから八年も経って、その間に顔を合わすこともなかったのが、朝から降る雨脚の暗いようになった時刻にぱったりと街で出会った。向かいから来て奈倉はだいぶ離れたところから私をしげしげと見ていながらあやしむ顔をほぐさず、私も声をかけそびれていると、間近まで来て立ち止まり、あまり似ているので、傘の下のことだし、人違いかと思ったよと目を瞠り、俺こそこの夏にはたびたび人違いをされたものでな、自分こそ人でも探すみたいにきょろきょろしていたせいだか、とまた妙なことをつぶやいてから、俺のところへ寄らないか、すぐ近間なので、と誘った。

この男にとっては、いましがたこちらの顔を見分けた時に八年の隔たりが遠く感じられたのだろう。その間によほどの思いをしたのに違いないと私は取って、自分も妻がしばらく里帰りして家で待つ者もいなかったので、いいだろうと誘いを受けると、奈倉は先に立って、長い坂を下ってまたすこし上り、近間とは言ったがだいぶの道を来てから路地のようなところへ折れて、そのつきあたりの煤けた大きな家の玄関を押し開け、昔からの下宿屋らしく、黒光りのするひろい板の間からすぐの、幅のたっぷりある階段をあがり、六畳ほどの間に招き入れ、窓を開けて雨にこめられた墓地を、これこのとおりのところだと見せた。

窓の外はゆるい窪地になり、ひろくもないところに古い新しい墓がひしめいていた。本堂は小振りで古ぼけて、庫裡もあるようだが木立ちに隠れている。彼岸入りまでにまだ日数もあり、線香の煙はあまり立っていない。それでも窓の内まで入ってくるその匂いに、木犀の匂いがまじっている。寺のこちらの境の荒れた生垣の下に彼岸花が群れて咲いていた。やや遠くのあちこちで工事中のビルの鉄骨が雨に霞んでいる。音は伝わって来ない。

意外なところにいまどき別世界があるものだと眺める間に、奈倉はウイスキーの瓶とグラスと水を運んできて胡坐を搔き、久闊を叙するというやつだ、それほどの事でもないか、とうながした。湿気の透ったような腹に酔いの差してくる頃になり、そのうちに、帰ってくるのだろう、と私はたずねた。部屋に入った時から女の匂いを感じていた。何を聞かれたか奈倉はすぐに察して、夏前に別れたよ、雨の日に出て行った、まる一年ここにいた、とあっさり答えて、そちらはどうしたとたずね返すので、里帰りしているので明日まで独り身だ、今夜の飯はどうするかと思案しながら歩いていたところだったと答えると、そいつはちょうどいい、暗くなったら近くに古い蕎麦屋があるのでそこで呑みなおそう、と酒をさらにすすめた。

　西のほうの空がいくらか透けたようで部屋の内がたそがれかけながらほの白いようになった頃に、いつからここにいるのだ、一緒になって越してきたのかとたずねると、いや、出会うすこし前のことだ、女も行き迷っていたが、俺こそ行き詰っていたようだ、それまで五年ばかり人並みに働いていたところをやめるつもりはなかったがただ越したくなってな、ここを見て一目で気に入ったものだと答えた。酔いに紛れていた湿気があらためて腰から染みてくる。角を折れてから路がさがっていたようで、ここも窪地のはずれらしい。

　――女のいられるところではないな。腰の感じやすさからして違うのだから。

　――初めてここに連れられてきた時には、身の置きどころもない様子で小さく坐っていたよ。やはり雨の暮れ方だったが、日のまだ永い頃だ。幾度か早々に腰をあげかけたのが、夜までいることになった。夜の明ける頃に、窓を細目にあけて表をのぞいていた。まもなく黙って帰った。

　――それで、あらためてやって来たのか。

　――もう来るまいと思っている頃に夜中に来た。思い詰めたあまりに笑っているような顔をして。持ち物はどこかへ預けてきたと言って、ほとんど身ひとつだった。ほら、あの隅の妙な細長い襖張りの扉な、中は人ひとり立って入れる。そこに二人の着る物を吊していた。

洗面も洗濯も炊事も階下でつかわせてもらって、女は仕事に出かける前に鏡台もなしに顔をつくろっていたが、洗濯物は窓に干すので、肌着に線香の匂いが染みついたと言う。

——夜に怖がりはしなかったか。

——風が吹いたり、雨が叩いたりするとな。眠っていたのがすがりついてきた。ただの怯えではない。おさない女でもなかった。からだがすくんでいた。こわばりをなだめて、こちらから抱き寄せると、目をゆるく見ひらいて、あなたは誰、わたしは誰なの。そんなことをたずねる。どちらも肉親をつぎつぎに亡くした身の上でな、魂は浮きやすかった。誰なのとたずねておいて返事をまたずに、瞼をちらちらさせておろす。それで長くなった。いや、こんなところで一年とは女のからだには長かっただろうよ。しまいにはおたがいに痩せてきて、命が惜しくなった。おかしなことだよ。おたがいに命のしきりに惜しいような気持から、重ねて深くなったのに。

その先はたずねてはならない、と私はひそかに戒めた。なまじたずねて答えさせれば、奈倉にとって吉《よ》くないことになるばかりか、離れて行った女をここに呼びもどすことになりかねない、言葉はどうはたらくか知れないとおそれた。西の空が雲に塞がれたようで暗くなった部屋に奈倉の顔が白く浮き立った。黙りこんだ私の顔も、長い話を詰めたその末に白く浮き残っているように感じられた。

——肋《あばら》も浮いた上にふくらんだ乳房な、あれは底までひきずりこむようだった。脚はひどく細ってくるのに、腰ばかりがまるかった。まるくて白かった。頰はそげて、どうかすると見も知らぬ目鼻立ちがあらわれたものだ……。

暗がりに紛れて奈倉はなかばひとり言につぶやいていた。なまの未練に粘りつかれて私はたじろいだが、とにかく過ぎたことを話す口調にせめて安心した。

——またひとりになったところで、勤めをやめたよ。別に決心したわけでない。投げやりになったのでもない。自然な成り行きだった。ここに来た時から、もうそんなに長くは続くまいと思っていたことだし。女も出て行ったことだし。

奈倉も気分を変えようとしているようだった。窓の下を人が行くようだった。雨脚が繁くなった。

——この糞暑い夏の間、昼は墓石が照り返す。夜には溜めこんだ熱を吐き出す。夜昼、寝ているのも覚めているのもたいした差もない暮らしだった。たまに街へ出れば、人違いされる。手前のほうが変な物のようで、気味が悪くて、おおむねここでごろごろしていた。秋雨が続いて、夜は眠れるようになって、引っ越すことも考えたがさて面倒だ。ここにいよいよ馴染んでしまったか。これではどこの女も寄りつかなくなるな。

低い声を立てて奈倉の笑うのに私も合わせて話を切り上げようとしたが、雨に叩かれた墓地に煙も立たなくなったはずの線香の、匂いのひときわ濃くなった部屋に、痩せ細って胸と腰ばかり白くまるくなったという女の、私の知りもせぬ女の立ち居の、なごりが湿った古畳から寄せてくるようで、笑いそびれた。坂のあたりらしく、豆腐屋が通る。その喇叭《らっぱ》のわびしいような、奈倉のことながら女のいなくなった跡を思わせて寒いような音へ耳をやっていると、

――すっかり暮れたな。電灯もつけずに、何を話しこんでいたことやら。さて、呑みなおしに行くか。昔から墓参りの客の寄る店だったらしい。店の仕舞いかける頃になってあらわれる客もあったとか。蕎麦に精進揚げかと思ったら、鴨を注文したり。俺のことなら心配無用。秋も深くなったらまた働きに出る。引っ越すことにもなるだろう。そうなれば変わらずまめに勤めて、月日は造作もなく経って行くさ。ところで八年前の酒場の女のこと、人違いされたことは片耳に聞いていたけれど、その後、どうなった。人違いされるままになったのか。これからじっくり話を聞こう。

そう言って奈倉は腰をあげた。何もなかったのだよ、そんなことのあったのも忘れていた、と答えて私も立ちあがった。

時の刻み

——乱さぬがよい。この自然の祝日を。これは自然が手づからおこなふ刈り入れにほかならない。

「秋の景色」と題される短い詩のうちに見える。風も息をひそめる晴れた日に、樹という樹から果実が降る。世にも美しい果実が、とある。そして結びは、

——この日、枝から離れるものはすべて、穏やかな陽差しを享《う》けて落ちるものたちばかり。

重い音を立てて地面を叩くようでもない。静かな光を浴びて風にも誘われずに落ちる果実は凋落よりも、年の稔りの飽和を思わせる。刈り入れと言えば大鎌を振るう死神のほうへ連想は行きそうになるが、あくまでも穏和な秋の光のもとのことだ。詩人の四十四歳の年の発表の作である。年の盛りにこそ、おのれの命のきわまりを現在に、いまここにあってしかも至福の時のごとくに眺めることはあるのだろう。しかし五十歳の生涯であったと知らされれば、四十の声はすでに晩年を告げていなかったか。死の影があまりにも澄んだ日の光となって差すことも

ある。

十九世紀のおよそ中頃のドイツの悲劇詩人、フリードリッヒ・ヘッベルの詩である。悲劇の時代の去りつつある頃に、季節にやや遅れて来た天才、天才と悲劇とは不可分のものであったと思われるが、生い立ちは貧しく、屈曲しがちの人となりでもあったようで、苦渋の絶えなかった生涯であったらしい。その苦渋の果実が秋の日に、豊かに熟して落ちたのが、このささやかな抒情の詩であったか。

ボードレールより八歳年長になる。そのボードレールの「秋の歌」は、すでに暗天のもとらしく、あちこちの中庭から、冬の仕度の薪を荷車から投げ降ろしているのか、斧で叩き割っているのか、その響きが死刑台を建てる音よりもいっそう重く聞こえるとあるから、秋もよほど晩くなった頃のことのようだ。ヘッベルの秋の詩よりも遅れること二年ばかりの発表の作というから、四十の前になるか。享年は四十六。

八十の坂を這って登りつつある今になり、年の傾きとしては暗鬱な空よりも、穏やかな光のほうへ、死刑台の仕度を思わせる薪の音よりも、風も息をひそめた中を降る木の実の音のほうへ、耳を澄ませられるが、さて我が身のことと振り返れば、どんな秋の、どんな年の傾きを、うち眺めてきたものやら。春も知らず秋も知らず、一日の移りも知らず、年を経てきたような気までしてくる。秋も暮れかかる頃と言えば、貧しかった子供の頃の、ひもじさ肌寒さ、身の置きどころもないわびしさが思い出されるが、成人してからも、何かにつけて秋の色を眺めさせられたことはあったはずだ。青年もすでに老いのはじまりである。とりわけ、人を慕うとなると、とかく今の境を超えて遠くを思いがちになり、そこにおのずと老いはまじる。まして中年に深く入れば、日の落ちると同時に、赤い残照の差し返す中で、まがまがしい黒さをふくむ秋の雲に、我が身の内にこそ近頃、いままで知らなかった翳りのときおりひろがるのをひそかにあやしむ。そのまま早い死に至った人もあるだろう。

あれは四十のまだ手前のことだったか、晩秋のたそがれ時に都心のほうのさる旧庭園の、朽葉に埋められて、湧き水も尽きたようで濁った小池の、わずかにあいた水面に、雲間からのぞく十日ばかりの月の影が、天に見えるよりもくっきりと、澄み返って映っているのを、日の暮れきるまで、しゃがみこんで眺めていた。この影を内へ映し取れたら思い残すことはない、とそんなことをつぶやいたものだ。寒いような恍惚の戦慄がいささか走ったと見える。詰まらぬことを、とやがて呆れた。かりにこの影を捉えて思い残すこともなく、それでまもなく死ぬわけでもあるまいから生きながらえるとして、あとはすることもなくなるのではないか。内心はうつけたままに生活の辻褄はどうにか合わせるにしても、それは本人の勝手だが、影のまた影みたいなものに頼る家の者たちはそれと知らずに苦しむことになる、と怖気をふるって腰をあげた。暗がりをあたふたと飛び石づたいに歩き出して、すぐに忘れた。用事から用事へ移る半端な閑の内のことだった。

歌を詠《よ》む柄でもあるまいし、とあの時、忘れる間際に、つぶやき捨てた。歌ならば折りに詠んだきり、知らぬ人の心のように、後へ置いて去ることもできようにと思ったようだった。あれから四十年も経って今になり、見も知らぬどころか、八百年も昔の人の歌の前にたまたま立ち停まったきり、ありもしない記憶を探って、夜更けの老いの魯鈍な眼で、上句《かみ》から下句《しも》へ、下から上へとりとめもなく、いつまでもたどっている自分がいる。

——野辺を見るになほあまりゆく心かな

秋より外の秋の夕暮れ

慈圓の歌である。秋より外は、秋よりほかと訓《よ》むのだろう。私自身、秋の野をつくづくと眺めたことは、焼野原を一面に枯草の風に吹かれる眺めしか、さしあたり覚えもないけれど、なほあまりゆく心とは、知らぬことながら、思わず遠くへ持って行かれそうな言葉だな、とうなずいて通り過ぎかけたところで、それにしても、秋より外の秋とは何事だ、と振り向いた。余計なことだ。野辺の秋の眺めにもあまる秋の心、と初めにすんなりと通った。それで沢山ではないか。もっと深い底があるにしても、初めに感じ取りそこねたら、いまさらいくらたどりかえしたところでふさがるばかりで、どうにもならない。そういましめながらも、秋より外の秋とは内なる秋というような、そんなわびしさとはもはや質を異にして、野辺よりも、眺める心よりもはるか遠くへ、無限の境までひろがる秋なのではないか、しかも前と同時に後へも惹いて、一身の記憶も及ばぬ昔にも至るとすれば、ここで眺める現在も、ひと息ごとに虚空へ吸い取られることになりはしないか、とそう思えば自身も息苦しくなり、つれて睡気も差してきて、いや、秋の心のことだから、これも僧侶ながらひそかに恋ぶくみの歌なのかもしれない、恋の心の向かうところは、現身《うつしみ》の女人ともかぎらない、と思いなおして机の前から腰をあげた。ほのかにも甘い思いが跡を曳いているうちに、寝てしまうに越したことはない。

もう三、四年前からか、あるいはもっと前からのことであったかもしれない。夜半過ぎに寝床に就いてまどろみかけると、枕もとのほうの窓のあたりから、雫の滴《したた》るような音がしてくる。心臓の鼓動を思わせる間隔を刻んでいつまでも続く。雨垂れのようでもあるが、表に雨の降り出した様子もない。それに建物のそちら側には壁が十一階まで切り立って軒も庇もない。寝床から起き出して部屋の四方へ耳を澄ましても、窓を開けて表をのぞいても、音の出所は知れず、首をかしげるうちに、いつのまにか止んでいる。しかし寝床にもどってまどろみなおすと、また始まる。老いの幻聴かと疑って両耳を指で塞げば、静かになる。身体の外の音であることには間違いがない。

　連夜のこともあれば、半月も一月も沙汰のない間もある。寝つきに手間のかかる年寄りにとって、人を小莫迦にした悪戯《わるさ》だが、腹を立てるのも疲れた頃になり、静まっている。それだもので、ときおり悩まされながら放っておいた。あるいは大震災の影響で建物に微妙な歪《ひず》みか、あるいは罅割れが壁の内へ深く分け入って、それでこんな音が遠くから伝わってくるのか、と疑った夜もあったが、これこそ一大事のはずなのに、いずれおさまるか、さもなければ危急の事となって露呈するだろう。人も建物も年を取ったことだし、とこれも捨て置いた。日常に暮らすとはこんなものか。

　ところがつい先夜、とうとう犯人を見つけたぞと叫ばんばかりに、寝床から跳ね起きた。例の雫のような音にまた耳を取られ、しかしこれはこれでよほど馴れっこになったな、起きて出所を探ってもどうせ徒労、夜もだいぶ冷えこんできたことだから、と音の滴るのにまかせるうちに、ふっと思い当たることがあった。その昼間のこと、いつもの机に向かっていると、正面の壁からその音の、夜よりもくっきりと時を刻むのがまともに伝わってきて、身体の内にまで響き入り、心臓もそれに合わせて打つようで、はて何事かと壁へ耳を寄せれば聞こえなくなる。そのことをまたあやしみながら、音は止んだので、それきりにして忘れていた。

やはり時計だった。机に寄って手探りにスタンドをつけ、正面の壁ぎわに置かれた小さな時計を取って、たまたま傍にあった分厚い文庫本の上へ移すと、音はさっぱり止んだ。いまどきの軽便な時計だが、だいぶくたびれてきているので、秒針の運びが滑らかならず、チクタクという刻みを思わせる。耳にはよく近づけなければ聞こえぬその音が、すぐ下の抽斗《ひきだし》が共鳴函となって増幅され、机から壁の内へ響いて、窓のほうから滴ってきたものと見える。それではなぜいつもいつも聞こえるというものではないのか、聞こえていてもなぜいつか止むのか、そこが訝しいところだが、おそらく天象、温度や湿度や気圧の、微妙な程合《ほどあ》いによるのではないか、と考えた。寝床から起きあがると音は遠くなり、聞き取れぬほどになるのは、人体も空間の内の空間であり、そのちょっとした立居によって、部屋全体の、共鳴の調律みたいなものが崩れるのだろう。真っ昼間に身体の内まで時を刻む音が、あやしんで身を乗り出したとたんに止んだのも、机にかかる体重のわずかな変化のせいかもしれない。どうとでも取れる。とにかく時計を柔らかな物の上に置けば済むことで、これで眠りの妨げのひとつは解消されたのだから、由来はどうでもよろしい。

それにしても、時計を本の上へ移したとたんに、まるで十年ぶりの静まりが夜の部屋を占めたように感じられた。この時計を机の正面に置くようになってからたしかに十何年、あるいはそれ以上の年月が経っている。その間、机も抽斗も部屋の空間も変わりがないので、秒を刻む音は毎日毎夜、四六時中、聞こえぬにせよ、耳から脳へ、脳から心臓まで伝わって、かすかに共振させていたはずである。初めのうちは時計も人もまだよほど壮健で、秒針の刻みも滑らかならば耳の神経も太くて、どうということもなかったのが、どちらも老いてくたびれてくるにつれて、時を受け止めて送るはずの時計が時に追い立てられ喘ぐようになり、時を押し返すはずの人の耳はどうかすると時に押し入られるままになり、両者《ふたり》して、せめて時の切迫を紛らわすために、雫の滴るような音を響かせあっていたのかもしれない。

しかし軒も廂もある昔の家屋なら雨垂れの音は、聞いているとやるせない気持になることもあり、家の老朽を感じさせられもしたが、濡れた土や草木の匂いも漂って、道を行く人の足音もやわらかに伝わり、心を遠くへ、睡気へ誘う長閑《のどか》さがあったのにひきかえ、コンクリートで固められて四角四面に剝き出しの空間に、どこからとも知れず滴る雫の音は、無機質であるばかりか、長閑のようで刻々と切迫して、長閑さの内にひそむ切迫そのもの、まともに耳をやっていたら、気の振れるほどのものではないか。知らずとは言いながら、よくも長年にわたって堪えたものだ。音の出所に思い至らなかったとは、迂闊なことだった。あるいは堪えられる限界まで来ていたのかもしれない。とにかく始末はついた。

振子時計というものがあったことを思い出した。柱に掛けられて家中に、終日終夜、時を刻む音を響きわたらせていた。たいていの家にあった。夜の眠りもその音と共にあり、ときたまゼンマイを巻き忘れて、時計が停まり、振子の音が絶えてしばらくすると、眠っていた者が異に感じて目を覚ますほどのものだったが、いまどきの閉ざされた居住空間にそんなものがあったら、住人は刻々と時間に迫られて、昼はともかく、夜にはさぞや眠るのに苦しむことになるだろう。

敵の爆撃機の編隊がひとしきり上空を低く掠めて通り過ぎた後の、つぎの編隊の接近を待つ間の静まりの中で、家の内の柱時計の振子の音が庭から防空壕の底まで響いてくるということは、あっただろうか。ありそうにもないことだが、人のいなくなった家屋は全体が大きな共鳴函となり、内にただひとつ立つ音を増幅させるとしたら。地面もその音に応えてわずかに振動する。まして怯えた人の耳は危機のひとまず過ぎた後こそ鋭敏になる。人に去られて炎上を待つばかりの家屋の鼓動が刻々、壕の底で息をこらす胸にも伝わるか。一分が六十秒と、人の平生の脈拍とほぼひとしく、誰が初めにそう定めたことか。つぎに来る危機を待つ者の心臓はかえって日常よりゆるやかな、緩慢なまでの脈を拍つ。

いや、影も形も失われる直前にあった家の内でひとり時を刻む柱時計の振子の音へ、壕の中から刻々と耳をやったような覚えはない。そんな音がもしも記憶の底にかすかにでもひそんでいたとしたら、耳は常にわずかずつ怯えをふくんで、そして耳の安静は心身の安静にかかわることだろうから、この年までこうしても暮らして来れなかったところだ。しかし年来の耳障りの音が絶えた時、部屋の内が妙に深く静まったのも、あやしいと言えばあやしい。生涯の静まりのようですらあり、安堵とともに、こんなに静かになってしまって、これからどうしたらいいのか、とつかのま追い詰められた。

敗戦の直後に都下の八王子に身を寄せていた頃のこと、小学校から帰る途中に、鉄道のガードがふたつあった。中央線と横浜線とが東のほうから来ると駅の構内に入って合わさるその手前にあたり、ふたつのガードはわずかな間隔を置いて並行している。学校のほうから来れば手前の中央線のガードは鉄の橋で、電車や汽車が通りかかれば、けたたましい音が降りかぶさってくる。耳を両手で塞いで地面に伏したくなるほどのものだった。遠くからしゅるしゅるとレールの震えが伝わって来るだけで、子供は全力で走った。つぎの横浜線のガードはコンクリートで固められて、列車が通りかかっても陰気にこもった音しか立てないのに、子供は足をゆるめず、そこも駆け抜けた。それでも当時のその辺の鉄道のダイヤは密ではなくて、たいていは無事にふたつのガードを通り抜けたが、ある日、列車の来る気配もないのにガードの下の静まりがじわじわと身に染みて、恐怖の近づきに紛らわしく、思わず小走りになり、ガードをふたつとも抜けてだいぶ行ってから、足をゆるめて何気なく振り向くと、鉄のガードに電車が通りかかり、それと行き違いにコンクリートのガードのほうにも電車が入ってくる。その騒がしい光景をまるで音も立たないように眺めた。

そんなことも学校からひとりで帰る道にかぎったことで、朝の登校の時にはひとりでも、ガードに列車が通りかかっても逃げ足にならず、けたたましい音の下を渡ったものだから、一日の「仕事」に向かう心は子供でもまた別のものらしい。住まいは鉄道の土手から離れたところにあり、駅の構内は機関区でもあったので蒸気機関車が罐蒸《かまふ》かし、ウォーミングアップのために往ったり来たり、ときおり車輪を激しく空転させて蒸気を噴出させる、その音は伝わってきたが、耳障りにもならなかった。深夜に列車の通る音が、雲の低く垂れる夜などは、天井からもろにかぶさり、貨物列車らしく、一輛ずつレールの継ぎ目を踏んでいつまでも続き、ようやく遠ざかり、最後に細くて高い、女の唄いおさめるような声を立てて途切れる。その声を聞き届けて子供はまた眠る。夜中に土手の上からたびたび身投げがあったと聞いた。下りの列車がガードを渡って駅の構内へ速度を落とすところらしい。いつでもほとんど変わらぬ場所からで、かならず女だったという。家を走り出たその足で土手に登ったようだ、と話す大人もいた。

とにかく子供の頃から騒音には馴れた暮らしだった。やがて都内のほうへ越した住まいは大通りからひっこんだ路地の奥にあり、表を都電が通るたびに、関東大震災のなごりと言われて手水場の上で梁のわずかに傾いだ家が揺れた。夜更けに子供は眠るばかりの寝床の中から、都電がひとしきり家を揺って遠ざかるのを、やはり音の絶えるまで耳をやった。そのあたりは空襲ですっかり焼き払われたのではなく、むらむら焼けの地域だったが、夜更けの電車の音が遠くなり、やわらかになるにつれて、通りの町並みが昔に還るように聞こえた。

機械の音も後年とは違っていたようだ。回転の速度によるのだろう。やがてまた越して、高台の西のはずれに建つ安普請の家の二階からは、町工場の並ぶ裏通りが遠くまでひとすじに見渡され、晴れた日に戸窓を開け放っていると、あたり一帯の機械の音がひとつに昇ってくる。その中で、もう高校生になっていたが、その齢ではわかりそうにもない小説に読みふけっていた。町工場の音はむしろ睡気を誘った。ときおり鉄を叩くハンマーの音が立つ。とりわけ秋の晴れた日には一打ごとに甲高く、澄んで天へ昇る。それもあたりの音をいっそう長閑にする。すべて、機械というよりも、まだ道具の音であったようだ。

また越して、家々の間に埋もれた平屋に住まうことになり、そのお蔭になるか、世の中はすでに経済成長に入り道路はのべつ渋滞してクラクションもけたたましい時代に、家の内にいるかぎりはその喧騒にあまり触れられずにいたかわりに、晴れた日でも正午頃になれば上空が黄色く濁るのを、黄と赤との違いこそあれ、遠い大火に照らされているようではないか、と眺めた。それから親の家を離れて、北陸の金沢の街で暮らすことになり、戦災を受けていない、経済成長にもまだ呑みこまれていない、その閑静さを日々にあやしんで過ごすうちに、初めの冬に大豪雪に見舞われた。来る日も来る日も雪は夜昼降りしきり、十日あまりしても降り止むけはいも見えず、雪おろしに追われていた町内の人も徒労感のあまり手を拱いて眺めるばかりになった日の、雪の下の底知れぬ静まりを肌身に覚えて、そうして三年暮らして東京へもどって来れば、市街はさらに変わっていた。

金沢にいた間もしばしば東京へ「帰省」して街の中を歩きまわってもいたのでいまさらのことだったが、世帯を持つ身になって見ればまた別のことだった。街の眺めよりも音に、知らぬ土地へ来たような戸惑いを覚えさせられた。車の往来の一段と盛んになったこともさることながら、至るところに立ち上がったコンクリートの建築物に反響する騒音が耳に固くて、どうかすると切迫しかかり、聞こえながらの聾唖感か、しばし心ここにないようになる。ビルの建築現場のそばを通れば、落下物を防ぐ木組みの下をくぐらされ、抜けるとあらためて、ひときわ激しく機械の音が頭上から降りかぶさってくる。これも戦《いくさ》、火の立たぬ、音ばかりの炎上ではないか、それにしても、高い足場の上で働く人は、地上から押しあげる叫喚をどう聞いているのだろう、耳を聾されて心ここになくなり、自身がいま何処にいるのか定かでなくなる瞬間もあるのではないか、とそんなことを思っていると、ある朝、

——人の降るのを、見てしまったよ。

悔むような声で同僚が言う。勤め先の控室に私よりもひと足遅れて入ってきて、テーブルの上の盆に用意されたぬるい渋茶を立ったきり呑みほすと、私の隣の椅子にぐったりと腰を落として話しかけてきた。駅からここまで来る途中で、工事中のビルの足場から、人の墜ちるのを見たという。この近辺の建築現場なら、道からだいぶ隔ってはいるが七、八階の高さの、もうすっかり立ちあがって足場のまだはずされていないビルよりほかになかった。私もこの半年ばかり、通りかかるたびに高くなって行くようなのを、道々眺めていた。何も気がつかずに来たけれど、と私が受けると、すぐ先を行く背中が見えたけれど、と同僚は訝る。

空は雲に覆われていたが、春の陽差しが雲を透して降るらしく、白っぽい明るさがあたりにひとしく渡る朝だった。窓のある控室の内の、人にも物にも翳がまつわりつかず、何かひとつを見つめれば、それだけが周囲から浮き立ちそうになる。天も地も分からなくなるような白さだった、と金沢の街で雪おろしに二階の大屋根の上に日の暮れるまであがっていた時のことを思っていると、

――ゆっくりと墜ちた。

同僚はつぶやいた。そうなのだろうなと私は受けかけて、そんなことをこの自分がどうしてわかるのかとこだわって口にしそびれ、しかし見る者の心が一緒になって墜ちれば、時々刻々が無限の相を剝きかねない、とその長さを胸の内でたどった。時々刻々という言葉がそらおそろしい呪文めいて耳に響き返した。音もしない壁掛時計を眺めていた。我に返ると、黙りこんだ同僚の背広から甘酸っぱい、赤子の匂いが漂ってくる。近頃生まれたとは聞いていた。さて、今日も仕事にかかるかとうながして、自分もこわばった腰をよろけぬようにゆっくりとあげた。

昼食に味噌粥を食べた。じつにひさしぶりのことになる。風邪を引いたでもなく腹をこわしたでもない。表は澄んだ晩秋の陽差しが降りそそぎ、あちこちで黄葉がいま一度照り映えて、小春日和というところだが、北から西へかけてところどころに黒い雲の塊がわだかまり、大気も冷く張って、すでに冬のけはいが見えた。正午前の一時間ほどの散歩からもどり、家の内に入るまでつゆ思っていなかったはずなのに、冬の気に触れたからだの自然の欲求か、そんなものを所望した。

粥の茹《ゆだ》るにつれて、味噌の匂いが部屋の内に流れる。コンクリートの住まいながら、古ぼけた木造の家屋に居る心地になる。赤味噌である。両親ともに美濃の出身なので、子供の頃から、味噌と言えば赤味噌と思っていた。やや長じて人の家に招かれるようになってから、家によって味噌が違うのだと知った。家それぞれの味噌の匂いが家に染みついていた。

東北の味噌の味に育った主婦の取りしきる台所にも、初めて見た人ならたじろぐかもしれないこの赤味噌の粥はしばらく生きながらえた。電子レンジもまだなかった頃のことで、昨夜の残りの飯を昼には粥に炊いて、幼い娘たちにも食べさせた。寒い季節には赤味噌のほうが温まるようだった。丼によそって花ガツオを振りかけると、鉋屑《かんなくず》みたいな削り節が熱と湯気にあおられてちりちりと立ちあがるのを、お化けお化け、と子供は喜んでいた。その娘たちも今ではとうに母親になっているが、孫たちはおそらく、こんな食べ物は知らずにいるのだろう。そう言う私自身も、この前これを食べたのはいつのことだったやら、十年も前のことか、二十年も三十年も昔のことか、それともつい近年、ふっと思い立ってこしらえさせたこともあるのか、よくも覚えがない。年月を数えるのもこの際、徒労のことに思われた。

物喰うほどに哀しきことはなし、と誰かが詠嘆していなかったかしら、と粥を啜るうちに手が停まった。壮年の頃には熱いものを吹きながら掻きこむのを好んだのに、年の寄るにつれて猫舌になり、冷まし冷ましてしか口へ運べない。匙を使う手先の動きもたよりなく、掬ったものをぽたぽたとこぼす。情ないありさまだが、いまさら哀しくもない。子供の頃の冬場には食糧不足の時代に兄弟四人であったので、量を潤《ふや》かす雑炊の類いがしばしば晩飯に出されて、子供たちは争ってつつきあったものだが、あの騒がしさも今から思って哀しいものではない。物喰うほどに哀しきことはなしなどと思わせるのはどうやら、粥をたどたどしく啜るうちに老いの背から項《うなじ》へ、そして眉間のあたりまで差してくる、殊勝らしさのせいのようだった。

謂われもないことだ。冬の訪れを知らせる晴れた正午頃に家の内で、気まぐれに思い立って味噌粥を啜るのに、みじめったらしいような喰い物ではあるが、何の遠慮がある。粗末なものばかり喰って育ってきたことが思い出された。しかしあの当時はたいていの家が似たり寄ったりであり、母親は乏しい材料からできるかぎりの工夫をしてくれた。まして居候ではない。それなのに、放蕩の末におちぶれて人の厄介になった年寄りの、老い屈まりながら、食膳に就く時にかぎって、まるでどこぞの結構なお膳を畏《かしこ》まって頂くような行儀をおのずと見せる。昔を見る影もないのにこればかりはどうして堂に入ったものだ、とまわりは感心しながら、うとましげな目をやる。そんな場面は見たこともない。身にも覚えのないことだ。テーブルに向かって椅子に半端に腰を入れ、午後からの仕事の前に腹ごしらえをしていれば、行儀も何もあったものではない。

しかしその年寄りの背に、まだ幼い子供の影が添ってくる。いくら食糧の足らぬ時代でも、子供にそんな居候のような思いはさせたことはないはずだ、とこれは亡き親に代わって言える。食膳に就く時には、銘々膳でなくても、子供も正坐させられた頃のことである。膳の前にまがりなりにも畏まって飯を掻きこむ子供の垂れた項は、往年の品をまつわりつかせて御飯を頂く零落の年寄りと、その姿がどこか似るものか。食事は家の内の日々の儀式、あるいは失われた儀式をたどっているようなものでもあった。生まれた家を戦災で焼かれて引っ越しを重ねた子供と、世を渡る方途《たずき》も絶えて人の世話になった年寄りとは、そのあわれさに相通じるところがあるようだ。習いとなった行儀のよさにせよ、食べられていて、生きていられて、ありがたいという、心のあらわれなのだろう。ありがたいと感じさせられるのはそのまま哀しみであり、遠くへ置き忘れられた子供の哀しみと、遠からぬ先の我が身かとも疑われる年寄りの哀しみとがいまここで、晴れた晩秋の正午頃に熱い味噌粥などを啜る、行儀もよくなければありがたいとも思っていないこの背に付いて、出会ったことになるか。

そうだとすればまた、女人を知るようになってからでもこれまでに、折り折りにどんな背つき、どんな顔つきで物を喰ってきたことやら、これもすべて背後に置き捨てて顧みもせずにきた。あるいは誰かがあわれと眺めて目をそむけはしなかったか、といまさら気にかかる。暗い気持で飯を喰ったことは、誰にでもあることだ。食欲も失せて、箸を運ぶ手も重いのに、喰うのをやめられない。食欲に伴われない空腹感というものはある。胸も詰まって、箸を放り出そうとしながら、いつまでも喰っている。心境によることだが、ひもじさの覚えのある者は食の足りた時代になってもときおり、さしたる事情もなく、会食の場でいきなり周囲から切り離されて、物を喰うことの哀しさの中へ、ひとり陥没することはある。つかのまのことであり、すぐに我に返って、耳の遠いような心地になっていたことをあやしみ、いましがたの、あわれっぽいような物の喰い方こそ、自分の本来ではないのかと、悔むのに似た思いがしばし跡を曳く。

酒食を人と共にすることは好むのに、人前では酒は辞さぬが物をほんのわずかしか喰わず、そのことを長年にわたり、老いて食がおのずと細くなるまで、まわりに気づかせなかった人があるとか聞いた。酒を呑んだらあまり喰わないほうが調子がいいんだよ、いや、好き嫌いは餓鬼の頃からまるでない、などと言い繕っていたそうだ。食べることにまつわるどんな翳を過去から持ち越していたことか。

じつは鮮魚を食べられない体質であることを、これも長年にわたり、刺身も出る店で賑やかにしてきたその末に、打明けた人もあった。魚を喰う雰囲気は好きなんだ、今ではだいぶ喰えるようになった、と過去へさかのぼってまわりに気づかうようにしていた。あるいは長い苦行であったのかもしれない。

表で結構な物を沢山に食べてきたはずなのに、夜半も過ぎて家にもどればあらためて腹がすいて、それが底も知れぬような空腹感になり、家の者の寝静まった後の台所にありあわせの残り物、冷めた煮物などをがつがつと喰う。酒呑みならたいてい身に覚えのあることだろう。どうかすると憤怒のような勢いで喰う。表で喰い散らかしてきたことが腹立たしく、うしろめたくもある。この前のめりの喰い方は、俺もよほど育ちが悪いか、とも思わせられる。そのうちに、境を越えたか、飢餓感がぱったりと止んで、後に哀しみが残る。

しかし家の内での平生の、家族と一緒の食事時には、疲れて気が重たくても、つくづく行き詰まって世に人に、つまりは自身に腹を立てていても、機嫌にまかせるわけにいかない。食卓に両肘をぐったりとついてうつむいたきり、黙々と食べる晩もあったが、それも子供のまだ物心のついていないうちにかぎる。子がやや育てば、家族の間にありながらひとり沈みこんで物を喰う父親の姿は、悪い痕跡を後々まで遺しかねない。ひいては子の母親にとって長い恨みともなる。昔の男、私の父親などもどうかするとむつむつとした顔つきで飯を喰うこともあったが、姿勢は崩さずにいた。戦争で零落しても代々の戸主の威儀が、すくなくとも食事の間、背すじに通っていたようである。狭い家の内にあっても、たとえ心ここになくても、正面を切るようなところがあった。家の柱とかいうのは、そんなことか。男にとって火宅とは、あれこれ葛藤のあるのは言わずもがなのこと、疲れ果てて家の者の心を気づかうゆとりのない時でも、家の柱となって飯を喰う、その内にあったのかもしれない。しかし、椅子に腰掛けて威儀を正すことをまだ心得ぬ民ではある。

腰掛けで、そのつど腰掛けの心で飯を喰ってきたか、長年、とおかしな語呂合わせにひっかかった。腰掛けと言えば連想されるのは、家の取り込み中に、家族揃って食膳を囲む閑も場所もなくなり、かわるがわる台所へ立って、小さな腰掛けに尻をのせ、茶漬けなどをそそくさと掻きこんで腹ごしらえをした、騒がしい日のことである。毎日のこととくらべて気楽なものだ、と思った。世の中がよほど豊かになってからは、あの取り込み中の食事の気楽さが生活の基調になってはいなかったか。朝の出勤前に時間に追われて、背広に着替えながらインスタントコーヒーを呑んでトーストをかじる、そんな閑もなくて朝飯を抜いて家を飛び出し、最寄りの駅まで大股の早足で歩いて満員の電車に押し込まれ、乗換えの駅に着いて時間を少々稼いだようなのを見れば、駅前の立喰いの店に寄って蕎麦やら、あやしげな牛丼やらを掻き込む。そんな時にかぎって、あとの事はもうどうでもいいというように、気が伸びているのが不思議だった。

連日そして終日、家にひきこもって机の前にわだかまるのが生業になってからはさすがに、子供たちが育ってきたこともあり、あわただしい飯の喰い方はしなくなったようだ。午後からの苦行を控えた昼飯には、仕事の先行きどころか、今日のところもまるで見えなくても、ゆっくりと喰うように心がけた。急いで喰うとたいてい、後の仕事がよくない。どうにかなるさ、と成り行きにまかせる気の長さに伴われないせいらしい。夕飯の時にはさらに、今日の仕事の首尾が悪くても、やったその分だけ先をよけいにむずかしくしていても、とにかく日の暮れまでは働いたと人並みに気を済ませて、考えもしなくなる。つれて年も取ってきた。

しかし昼でも晩でも、食事を済ませば壁の時計へ目をやる。その癖は抜けていない。仕事の最中には、急ぐつもりはとうになくなっているのに、例の耳障りの滴りの元凶であった時計をいまだに正面に据えている。時計を見まいとするのも、時間に追い立てられているしるしである。滴りは止んだと言っても、耳に聞こえなくなっただけのことで、おそらくひきつづき、身体の内からも共鳴していると思われる。心臓からして同じ時を刻んでいるのだから、避けようもない。夜の眠りも本人は知らず時の刻みのもとにある。すべて生活習慣である。生活習慣というものは長きにわたれば、悪いのも良いのも、いずれ死に至る病いなのではないか。病いとまでは言わず、生きているというそのことが、食べるのも眠るのもふくめて、刻々と死に至る道、あるいは食べる時と眠る時こそ、死のほうへ傾いているのかもしれない。

枕飯というものがあった。息を引き取った死者の枕元に飯を器に盛った膳を供える。子供の頃には茶碗の飯に箸を立てると親に叱られた。私の時には枕元に水を供えるだけで飯のほうは願いさげにしたいものだが、あの風習はもしかすると、時の刻みをようやくのがれたところでやすらいで、つくづくと御飯を頂いてから、この世の外へ静かに旅立つがよい、という心づかいから出たものでもあるか。

そんな陰気なようなことを考えながら、ひさしぶりに気が伸びて、なにやらようやく落ちのびてきたような心地さえして、味噌粥を啜っている。午前中の散歩の帰り道に、小春日和に枯れながら照る雑木林を振り返って、例の滴りがさしあたり耳におさまっているのをいまさら感じた時に、今日は味噌粥を食べようかと思い立ったようだ、と得心めいたものに至ったところで、粥をきれいに済ませて、ゆっくりと半日の仕事へ腰をあげた。

乱さぬがよい、この収穫の日を、と言いたくなるところだが、穏やかな陽差しを享けて年の稔りがひとりでに降る、そんな秋の盛りは、年齢からしても、とうに過ぎた。かりに命の静まりをいまこの時に少々は恵まれたとしても、至福の時というにはほど遠く、心かならずしも長閑ならず、せいぜいのところ、これなら思いのほか楽に死ねるのかもしれないな、と姑息にもたのむばかりだ。季節はさがって木の葉もすっかり散った暗天のもとらしく冬の薪の仕度の音に死刑台を打ちつける槌の音を聞くというのも、陰惨さと張り合うだけの、まだ盛んな生命力のあればこそのことだ。年寄りには晩秋の傾きかけた日の、軒の影ほどの翳りしか差さない。

その私にもかつては、晩秋の夕暮れの小池の岸にしゃがみこんで、朽葉に覆われた水面の、そのわずかな隙間の黒い水に、雲間からのぞく十日ほどの月の影がくっきりと、あまりにも冴えて映るのに魅入られて、この影を内へ映し取れたら思い残すことはない、と妻子もある身の程も知らずのことをつぶやいたものだが、もしもそんなものを内に抱えこんでしまったならあとはうつけて暮らすことになる、と早々におそれたのは賢明だった。内に吸い取ったつもりが、じつは内が外へ吸い取られるところだった。しかし似たようなことは誰にでも、年の盛りをまわりかける頃には、あるのではないか。恍惚やら充溢の時とはかぎらない。むしろ気の衰えた日に、寒々とした道を行くうちに、きっかけらしいものもなしに、心が遠くへ、仰ぎもしない天まで、見えもしない地の果てまで、さからいもせず惹きこまれるままになる。人を慕うような覚えもないのに、何かを慕って魂が宙へ抜ける。わずか十歩ほどの間のことで我に返れば、そんな空隙のはさまったことも知らず、ただよけいに寒くて背をまるめるばかりでも、それから長い年を経て遺ったその空隙が、内に抱えこんだ過去よりもくっきりと、欠落というよりは負の存在のようなものを訴えて、何かをひきつづき慕っているようなのに、首をかしげる。

あまりゆく心とはそのことか。この目で眺める秋を超えて、果てしもない秋の中へ、心があまってひろがり出て行ったのを、本人はすこしも知らず、しかし老年に至って、いつだか無限の境まで抜けた心を、置き残された身体がひそかに慕って、声も立てずに泣く、そんなこともあるのかもしれない。行方も知れぬものを慕うのは、いずれ恋の内のことなのだろう。

時雨も降らぬ世の中になったか、と夜の寝覚めに徒らに耳をやるうちに、十一月も末にかかり初めて冬らしい、朝からどんよりと曇って風もなく冷えこむ日があり、午後からは霧雨が降ったり止んだり、濡れた朽葉の匂いにまじって、焚いてもいない炭火の匂いも漂ってくるようで、こんな日には年寄るのもいいものだと落着いて過ごし、夜半にも雨の音を聞いたが、翌日は穏やかに晴れて、この秋は燃えもきらずに枯れていくかと思われた桜や欅の樹がいまさら盛りのなごりを見せて照り、それでもだいぶ透けた枝から、枯葉が間遠に、ひとひらずつ目で追えるほどに、ゆっくりと宙に舞って落ちる。風もほとんどないのにそれぞれひとりでに枝を離れるのを眺めては、時の滴る音がひきつづき耳の奥にも絶えているのをまた感じた。

あれももう何十年も昔になるか、つい先年のことにも思われるが、それはない。夜半にひとりで音楽に聞き入ることを、絶ったものだ。それまでにだいぶ長い習癖となっていたのが、ある夜、旋律がゆるやかな渦を巻いて沈黙の底へ吸い込まれて行くように聞こえるにつれて、寝静まった家の壁の内から、密閉したはずの窓の外から、音にもならぬほどの音がおもむろに、深いざわめきとなってふくらんで、阿鼻叫喚の兆しをふくんで、いまにもなだれこんできそうになった。これはたまらんと音盤をすぐに停めたが、切迫は耳の奥にわだかまり、静まりをもとめながら狂奔を招き寄せていたかとおそれた。あの夜にも、音楽の絶えた後、家の内のどこかに置いた時計の、時の刻みにあたりが共鳴するのを耳にして、苦しむよりも、ひさしぶりに我に返ったような安堵を覚えはしなかったか。

風もほとんど吹かぬ午前の光の中で、枯葉がゆっくりと舞うのを、あの葉が地面に落ちるまで目で追っていられるだろうか、そんな長い時間に人は堪えられるものだろうか、とつらがっていたところが、午後になりその風もばったり止んで、仕事の机の前をはずして表に出てくれば、空はいっそう明るく晴れあがり、枝を離れて降る枯葉は、見渡すかぎり一葉としてない。それにつけても時の刻みが、もしもしばらくのことではなくてこれきりにおさまってしまったとしたら、人は余生を、内が外へ散って失せるいよいよの期に至るまでは、どうやって暮らしたものか、と机の前にもどっても枯葉の静まりを振り切れずにいるうちに、暮れ方にかかり風が出てやがて吹きつのり、北風のようでにわかに冷えこんで、足腰がこわばり、いよいよ冬場に入ったかと思っていると、夜更けには風がゆるんで、冴えた月夜になった。未明にはときおりまた風が窓を叩いて走るようだった。

明日の天気はどうあれ、朝ごとに、一夜のとにかく明けたのを何にしてもありがたがるようにはいづれなるな、と風の過ぎる音を耳で追って眠った。

年寄りの行方

家の最寄りの駅を出た時には、空は北から西へかけて黒い雲を低くわだかまらせながらおおよそ晴れ渡っていたが、歩くうちに風は北に変わり、見あげるたびに雲は上空へ押し出し、十五分もして家の近くまで来た頃には一面にひろがって、冬至も近いにしてもまだ四時を過ぎたばかりなのに、日が暮れたように暗くなった。雲のわずかな隙間から洩れる落日の赤味があたりをよけいに暗く感じさせた。

その前の日は夜から雨が降りしきり、夜半にはおさまったようにも聞こえたが、明けて朝からさらに大雨になり、正午前に晴れると南の風が強く、道を歩くのも苦労なほどに吹きつける。その中を午後から出かけた。もう二十何年来の病院通いである。年に二度だったのが今では一度の、年末の用事になっている。八十歳に近くなっては悪くなりようもないようで、やはり二十何年来の主治医と、一年の無沙汰の挨拶をかわして少々の診察で済む。午前中の荒天のせいらしく待ち時間もすくなく、早目に病院を出ると風もおさまって、晴れていても日影はさすがに薄いが、穏やかな年末の暮れ方となった。月に一度や二度は外出しているはずなのに、この病院通いの午後にかぎって、ひさしぶりに街に出た気分のするのは、病みあがりの体感がもどってくるせいらしい。

前の夜からこの午前にかけてかなりの低気圧が通り抜けたようで、この日の暮れのあやしい雲行きはその吹き返しなのだろう、と空を睨みながら家に着いて、驟雨をひと足早く逃げて駆けこんだように息をついたが、暗いままに雨は降らずに夜になった。夕飯まで半端になった時間を机の前に落着いて、熱い茶を啜りながら、まだもどらないのか、この天気にどこをうろついている、と誰も出かけていないのに家の者の帰りを気づかうようにしていた。

その夜半過ぎにも風が吹いたようで、また新しい低気圧が近づいたかと寝覚めのたびに耳をやって眠りを継ぐと、翌日は晴れて風もなく穏やかな日和となった。起き出して見れば住まいの南の表に立つ桜の樹が、つい先日までは枝に枯葉を残して陽の光を受ければ照っていたのにすっかり裸木となり、今年もまた、きびしい屈曲を幹から枝へ剝いた。根差しの苦しいところにたまたま生い立った樹木は幹のまっすぐに伸びる前に低いところで大枝を分け、それがさらに幾重にもまがりくねり、もだえるように枝分かれして、そうしてあやうさを先へ送り先へ送り、もろい釣り合いを風雨の中で保ってきたらしい。葉の繁る間は穏やかな樹影を見せ、枯葉を降らす頃には一年の自足を感じさせるが、冬枯れになれば生きながらえてきた屈折を、昨年よりも一段と老いてけわしくあらわす。その日も暮れ方から出かける予定になっていた。帰りは夜半過ぎに及ぶ。無事にもどるだろうが、と心もとない使いでも出すように、枯木を見あげていた。
案ずるほどの難もなく深夜に家にもどり、ひとりで息を入れていると、まるで終日家にいて、どこぞをたどたどしく歩く年寄りの行方を気にかけていたような安堵を覚えた。翌日は曇ってときおり小雨が降り、遅く起き出して芯のまだなかば睡る身体でなにやかにや細かい事を片づけるうちに日が暮れた。それからは晴れたり曇ったり、北風の吹きつける日もあったが、吹きつのるほどにもならず、暖冬とも言われ、ひきつづき芯に睡気を抱えて過ごすうちに、今年も冬至となった。

その朝、未明に眠りに逃げられて、表はまだ暗いかと溜息をついてテラスに出てくれば、夜はすでに明けかかり、東の空に朱の色が差して、淡く澄んで遠い枯木の影を浮き立たせたまま、いつまでも押しあげて来ない。西のほうを見渡せばまだ暗く沈んでいる。やがて風が出てきたようで、寒さに堪えず寝床へひきあげて、ひとすじ流れる朱を目の奥に、遠い記憶のように浮かべて眠った。

日没には風もややおさまって、西の空が夜明けに似た朱が差し、淡く澄んだのは同じでも凍りついたように、枯木の枝から薄い日影が引いて西向きの壁が翳った後まで褪せずにいた。地面は暗がりに沈んで、その暗さが暮れて行く沼の水を思わせた。沼と言えば敗戦の直後に都下の町の、町はずれに身を寄せていた頃に、ほど遠からぬところに小さな沼があり、水辺に葦などを生やして、昔は泉だったと言われて、今では近辺の洗濯の、粗い石鹼の灰汁《あく》になかば覆われていたが、水の湧くあたりを知っている地元の子供たちは水面の汚れを指先で払って口をつけて飲む。真似て飲んでみると爽やかな味がした。後で腹をこわしもしなかった。その泉を源とする小川の下流《しもて》で、秋から冬にかけてしばしば親に言いつけられて芋を洗った。三尺流れれば水は清まると言われていた。一貫目ほどの芋を子供の細い手に提げてきて岸にしゃがみこみ、藁をまるめて濡らしたのを束子《たわし》にして芋をひとつずつ洗ううちに手が冷えきって、あたりは薄暗く、ただ水に夕映えのなごりがほの赤く流れてきて、芋を洗う手もとばかりが浮き立った。

暮れた野にひとすじ、上空に残る夕映えの光を細く集めて運ぶ川が頭の内に浮かんだ。偽記憶かとも思われたが、だいぶの昔に列車の窓から眺めた光景のようだった。赤くくねって流れるその行方を見届ける前に車窓から切り捨てられて、目をゆるめていると、また同じような赤い水が見える。どうやらほど遠からぬ海へ向かって、本流が幾重にも水を分けているようで、同じ光景がくりかえしあらわれる。その流れもようやく色が薄れて、野も暮れた頃になり、あちこちからまたひときわ赤く照る水が見えて、小さな沼らしく、あたりが暗く沈むほどにとろりと濃い赤光を溜める。いつまでも尽きぬかと見えたのが、やがて拭い取られて、車内は深夜の雰囲気になった。

あれはたしか四十そこそこのことだったが、いくらか長くなった旅の帰りのことで、暗い野から浮かぶ赤い水に眺め入る眼には、すでに老いの兆しがあったようだ。それとは別に、まだ子供の頃に、冬枯れの野をひとすじ分けて夕日のもとを流れる川を遠くまで、風に吹きつけられて眺めたことがある。そんなものの見える土地に暮らしたことはない。あちこちに越したが都会の育ちである。冬の夕暮れの川のように今から思われるのは、西へ向かって走る大通りのようだ。敗戦の直後に白金台の、目黒通りの傍に住んでいた。その目黒通りが冬場には落日に向かってまっすぐに伸びる。目黒の駅前を過ぎたところから大通りは長い坂となって下るので、西の空が街にしてはひろく見えた。そして冬の日の沈む頃には、両側の軒の暮れかかるその間を、大通りが遠くまで赤く染まる。車の通りのまだすくなかった頃のことで、都電の線路《レール》がとりわけ赤く照る。

風の吹きつける日の暮れには、風に向かう人も、風を背に負う人も、衣類も乏しい時代なりにそれぞれに身なりはせいぜい整えているのに、襤褸《ぼろ》がよろめいて行くように見えた。そういう自身も古着の毛糸をほどいて編みなおしたようなものを着ていて、毛糸の細ったところから風の冷たさが染みてくる。それでも暮れ方の家の内は朝の火種が尽きて夜の炭火のまだ入らない端境《はざかい》になり、内にいればかえって寒さに苦しめられて身の置きどころもなく、大通りに出て人の往来を眺めて気を紛らわす。たそがれ時に背をまるめて立つ小児の影はそれこそ風に吹き流されんばかりの襤褸に見えたことだろう。

冬至も過ぎていよいよ年の瀬にかかる頃になれば、朝からどんよりと曇って風もなく静かに冷えこむ日があり、午後に入ればもう夕暮れの雰囲気が立ちこめながら、日の暮れ時には雲に隠れた落日の夕映えがうっすらと差すようで、往来ばかりがほのかに赤く染まるその中を、老女たちが通る。巾着《きんちゃく》の袋などを手に提げて、杖を衝いているのもいないのもあり、それぞれに大なり小なり屈《かが》まった腰から小足をゆっくりと、しかしやすみなく運んでいる。年の瀬の壮年の足は速くて、子供の視線をすぐに振り切るので、年寄りの足取りに、おのずと目がついて行った。老女はたいてい着物の頃だった。さすがに着ぶくれて見えたが、後にくらべればよほど薄着だったように思われる。年寄りのいる家では、年の瀬も迫って家の内が何かとあわただしくなる頃の、そんな風のない日の午前中に、年寄りが急に思い立った様子で出かける。いま思い出したように腰をあげるけれど、日こそ違っても毎年のことで、年来信心している寺や神社に、あちこち参ってまわる。新年にはどうせ足を運ぶのに、年の内に一年の無事息災のお礼参りをしておかなくては気が済まぬらしい。

あれは、年末の大掃除にかかった家にいると邪魔にされるので、自分から気を利かせて出かけるんだ、とませた子供が訳知りのことを言う。子供が世間智を真似てひけらかすと、その口調や顔つきが年寄りめく。そう言われてみれば、すぐ近所の寺の境内にもどこかの老女が、晴れた冬の午後のわずかな日溜まりを伝って、赤ん坊を背にあやしながら、すっかり翳るまでゆらゆらと行ったり来たりするのを見かけることもあり、ましてどんよりと曇って冷えこむ中を遠くまで行くのは、さぞやせつないことだろうな、と子供心にも気の毒がっていたが、はるか後年になると、あれはもしかすると、年末の大掃除の際に若い者が再三、旧来のことをたずねてくるのに、いちいち懇切に教えても、たいていろくに順わない、そのことに嫌気が差して、街に出ると気分が清々したのかもしれない、とも思うようになった。

午前中に空模様を見あげながら出かけて、午にはどこぞの蕎麦屋で腹を温めるようで、日の暮れかかる頃には疲れた色も見せずにもどる。仕事にまだ追われる家の者たちの間にちんまりと坐りこんで、自分でいれた熱い茶を啜りながら、一家の安穏をあちこちでお礼して、まとめて面倒を見て来たようなことを言うのはつらにくくもあるけれど、ひさしく不義理をしていた親戚の家に挨拶を済ましてきてくれたようで、いささか荷が降りる、と大人の話しているのを耳にした。

ある日、暮れ方に子供は庭で七輪に火をおこすことを言いつけられ、薪《たきぎ》も炭も質が悪く、風も出てきたので、薪から炭へ火を移すまでに苦労させられ、ようやく仕上げてもそれですぐに炭火が炬燵に入るわけでなく、目には煙が染みて手足も冷えこんで所在もなく表に出てくると、西の空の一郭に残映をあましして暮れた中を、近所の子がひとり路地の入口に立って、風を避けて片側の家の壁に身を寄せ、首だけ伸ばして大通りの左右を、人でも探すようにしきりに見渡している。何をしてるんだと声をかけると、お祖母ちゃんが午前中に家を出たきりまだもどらないんだと言う。暗くなって風が出て来たら父親が急に気にして、見て来いと追い立てられたけれど、どこへ行ったとも聞かされていないので、大通りのどちらから来るかもわからない、駅のほうへ迎えに行っても都電の停留所のほうへ行っても、行き違いになったらそれまで、寒い中で待ちぼうけだとぼやく。

家を出る時の後姿が何となく目についたので、と父親はつぶやいたそうだ。それで話はすこし深刻なようになったが、そこは子供どうしのこと、やがてベイゴマの話などに興じて、大通りのほうへろくに目も凝らさなくなった頃に、路地の前へ停留所のほうから小さな老女が屈まった腰から小足ながらさっさと通りかかり、それらしい影に見えたがその家の子がやり過ごすので人違いかと思うと、いつのまにか子供たちの背後から、母さん、どこへ行くんだ、と大人の声がした。

老女は声に足を停めて振り返り、なに、ちょっとそこまでついでに買い物をして来ようかと思ってね、と事もなげに答える。暗くなるまで表をほっつき歩いているものじゃない、年寄りは、と息子の叱るのを、小娘じゃあるまいし、こんな婆々をさらう、酔狂な人さらいなどあるものですか、といなしておいて、ちょっと変なことがあったもので、と声をひそめた。都電で来て、どういう気迷いだか、ひとつ手前の停留所で降りてしまったと言う。

あの停留所の界隈も隅から隅まで見馴れているはずで、このあたりと雰囲気の違うのもよく知っているのに、どこに来ているやら心細くなって、半端に行きつ戻りつするうちにいつのまにか、暗い坂をくだっていたと言う。

家のすぐ近所にこんな坂はありやしないと途中で気がついて、ひきかえす上りの道の長かったこと、あとはまっすぐに間違いもなく帰って来ました、坂の多い土地だけど、どこの坂だったのでしょうね、あんなに長いのは、とそらとぼけるみたいに言い捨てて、自分から先に路地へ入って行った。

それから一年して冬至の頃に、その家から年末の葬いが出ている。

風の穏やかな年末の日には、午後から仕事部屋を留守にしてどこかの町まですこしばかり遠出をしたくなる。西の郊外の昔の在所に住んでいても、考えてみればいまどき、家のすぐ近くからバスに乗って最寄りの駅に出ればあとは地下鉄でまっすぐ、半時間足らずで日本橋のあたりまで出られる。人形町まで足を伸ばしても、地下鉄ならたいして時間の差もない。もうひさしく無沙汰にしているので、最後に訪ねた時よりもさらにまた変わっていることだろうが、歩くうちには往年の面影をそれなりに遺した界隈へ抜けるかもしれない。一度そんなところを通れば、あるはずもない土地鑑がついてきて、裏通りから裏通りへと気ままにたどり、目についた店にちょっと立ち寄ったりして、夕日影を踏んで帰途につけば、日の暮れる頃には家の近くまでもどれる。夕飯までにも閑はある。

そんなことを思いながら、出かけたためしはない。用もないのに出かけるということがなくなってからもひさしい。やれやれ、この穏やかな冬の日にまた仕事か、と溜息をついて、もうひと押ししておくために午後から机に向かう。先を急ぐつもりはとうになくなっているのに、仕事の手も頭ものろくなったその分だけ、日数に追われる。仕事が遅々として進まないと、冬の日の傾くのがよけいに速い。そうこうするうちに日は暮れかかり、今日のところに始末をつけかねて、御破算にしようと何と、明日へ送ることにして机の上を片づけにかかる頃になり、あの男、この年末に午後から出かけて、どこまで行きやがったと、家に帰って来るところを思っているのに後姿を、背中を見ている。机の前で苦しむ本人を置いて、さりとて人を拒むふうでもなく、世と融け合っているようでもあり遊離しているようでもあり、寒いなりに自足しているらしく、足にまかせて行く。長年、駆け足の時世に洩れず人並みに働いて来た本人こそあるいは影のようなものであって、あの背中のほうが本体なのではないか、それにしても、どこまで行った、とまた首をかしげる。そのうちに冬至も過ぎた暮れ方に、まだもどらない背をまた追っていたつもりが、あの男、達者だろうか、幾歳になるのだろうと、もう長年忘れていた男の顔が、薄暮の中から浮かんで、やがてくっきりと見えた。

幾歳になるかもないものだ。学校の同期だから同じ齢、今では八十の手前になるに決まっている。岩木という男だった。賀状を交わすほどの仲でもなく、学校を出てからあの年末まで、幾度も会っていなかった。私自身が眼の故障でその春先から三度にわたり入退院を繰り返した年の、その年末のことだから、十七年も昔、おたがいに還暦過ぎのことになる。

おかしな出遇い方だった。私の住まいのすぐ近くに欅の並木路がある。若木を植えてから私の年齢ほどになるらしい。百米あまりのその並木路を私は半日の仕事を仕舞えた暮れ方に、坐業の足腰のこわばりをほぐすために、行ったり来たりする。体力の傾きを覚えはじめてからの長い習慣になる。あの年末はとりわけ、その十一月のなかばに三度目の手術を済ませてひとまず解放されたところで、視野にわずかな歪みが遺り、向かいから来る人の首から上がぼけるようなこともあり、その日その日の視力を確めるために、路の両側から頭上へ差しかかる枝の影が夕空に浮かぶのに目をやっては歩く。そのうちに枯葉もすっかり散って、師走に深く入った。

岩木もその十一月の末からしばしばこの並木路に来てベンチでやすんでいたそうで、その姿を私は見分けられずに通り過ぎていたようだった。年月の隔たりのせいもあったことだが、あの年は銀行やら証券会社やらが相継いで立ち行かなくなったその翌年にあたり、倒産という言葉は避けられていたが、大中小の企業から大勢の高年者が外に出されて行き場をなくしたようで、その春頃から並木路のベンチに何人もの、五十代から六十代かと思われる男たちが、所在なげに坐りこんでいる。やがてベンチに寝そべってしまうのもあり、眠っているのかと思えば、時間の遅々として進まぬのに苦しむ様子の目を開ける。寒い季節になればさすがに寝そべるのもすくなくなったかわりに、短い日の暮れるまで暗がりに腕組みをして坐りこんでいる姿があちこちに見える。その影に岩木の姿も紛れていたか。あるいは私のほうが、遠目から近目への切換えがとっさに利かなくなっていたせいかもしれない。

もう冬至の頃の、薄曇りのまま暮れて行くたそがれ時のことだった。並木路を行き返りするうちに、ベンチの暗がりから名を呼ばれ、名乗られて、顔をすぐに見分けたところでは、それまでに幾度か通りすがりにちらりと目をやって、見たような顔だと首をかしげてはすぐに忘れたその末のことだったか。岩木は照れ臭そうに寄って来て、

——あれは何だろうね。たそがれると、やって来るのは。

そう言って、並木路をはさんで斜向かいになるベンチのほうへ目をやった。そのベンチに人の形にふくらんだ寝袋が見える。そうなんだ、と私もとっさに受けた。その秋頃から、六十にかかるかと見える小柄な男が日の暮れになると大きな鞄を提げて現われ、じつに手際よくベンチに寝床をこしらえると、ベンチの下にスニーカーをきちんと脱ぎ揃え、毛糸の帽子をかぶったまま頭まですっぽりと上手に寝袋にもぐりこんで、あとは身じろぎもしない。鞄も寝袋も新しく、身なりもさっぱりとして、家なしの浮浪者のようでもなく、一度並木路まで来る途中で会ったところでは近間の住人らしい。その日も私がそちらのベンチのほうへ目をやって通りかかるのを岩木は見ていて、関心がひとつになったので私に声をかける気になったか。どういう

事情のあることだろうね、夜遅くに帰って来てここを通ったら、いなかった、と私が訝りを洩らすと、岩木は私の気づいていてもいなかったことを口にした。

――いつもたそがれ時に来る。もう半月もときどきこの並木路に来て見ているけれど、その間にも日は短くなる。まして曇った日は暮れるのが早い。それなのにかならずたそがれの、もう暮れきる間際になってやって来る。時計ではなくて、天の時刻に従っているようだ。

いまどき空を見ながら暮らすとは、どんな心持だろうか、ともうひと言つぶやいて歩き出すので、私も肩を並べて、並木路のはずれの道路端まで来たところで、近所ですか、といまさら口調を改めてたずねると、この辺の最寄りの駅からさらに二十分ほど郊外へ出た土地の名を岩木は口にして、これからそこの病院へ行きます、年寄りがもう年内の命とみたてられたもので、それではまた、とあっさりそばを離れて、大通りに沿って西のほうへ向かった。そこの病院とは、ここから歩いて十分ほどのところの中ぐらいの規模の綜合病院よりほかにない。街灯の影に見え隠れに行くその後姿の、長い疲れを踏むようでたゆみもない足の運びを、私は自分も双親のそれぞれ末期にはあんな足取りで病院へ通っていたかと見送った。

しかし日が暮れてから病人を見舞うのはよけいにわびしい。それにまた、沿線の遠くの住いなら、最寄りの駅からその病院まで直通のバスがあるのに、こんなところまで来るのは、だいぶの遠まわりになる。あるいは都心のほうで用を済まして病院に寄るのかもしれない。都心からバスでまっすぐに来て、その日の気分によっては、ふたつ手前の停留所で降りて並木路で息をついて行くということもあるだろう。私自身、母親の時にも父親の時にも、病院の近くまで来ていながら、公園のベンチに坐りこんで煙草をゆっくりふかしたものだ。

それではまたと言ったのも人の口癖かと取っていたところが、それから三日してたそがれ時に並木路にいつもよりすこし遅れて来て見れば、岩木はベンチに坐っていて、人の形にふくらんだ寝袋を眺めている。天の時刻の人はもうおやすみのようだな、と私は声をかけてそばに腰をおろし、病院のほうの様子はどうですかとたずねると、年内と言われたけれど冬至も過ぎたので、この分だと大晦日にも元日にも来ることになるかと答える。

三日と置かず大変だね、しかし日の暮れから来るのはいいことだよ、病院の宵の口はわびしいものだから、と私は自身の入院の間のことを思い出した。じつは午後から来ているんだよ、と岩木は間を置いてから答えた。日が暮れかかるとどういうものか病人が眠りこむので、そっと抜け出して、ここまで来てしばらくやすんでから、このまま帰ってしまおうかとも思うけれど病院へもどると言う。私は黙らされた。自身の両親はそれぞれ、最後となった年末から新年にかけて、そそくさと見舞っただけで、病院で過ごさせている。

三度の飯もゆるい粥だけど出ている、からだを起こされて七分目ほどは食べる、人の手も借りない、息子が来ているとはかどるようだ、この季節なら暗くなってからもどっても病院の夕食に間に合うので、と岩木は言う。女性は強いんだ、と私は受けた。すると岩木は苦笑して、いや、父親だよ、八十五になる、と答えた。そうだったのかと驚いている私に、まだ苦笑の翳を目もとにふくませて、父親のまだお話にならず若かった頃の子になるな、母親の腹が目立つほどになってから籍を入れたそうだ、子の産まれたのもじつは年末のことだったそうで、新年になってから届けを出している、昔の数え方だと年末に届ければ明けてすぐに二歳になってしまうからな、里子に出すところだったとも言われた、もしもそうなっていたら、この年まで手前の出自も知らずにいたかもしれない、いや、そうは行かないか、とつぶやくようになって口をつぐんで、風が出てきたようだ、と話題を変えた。

――携帯というものも、これまで厄介にしていたが、こうなってみると、なかなかありがたいものだ。これが鳴らない間は、さしあたり無事なのだから。家にいても、ほかにいても、同じことのはずで、かえって今にも鳴りそうで神経が尖《とが》ることもあるのに、この並木路のベンチにいるかぎり、かりそめにせよ、無事平穏の気分にすっぽり包まれているから、不思議だな。なんだか、自分自身こそ行方知れずになって、ここにいるような。言うことの辻褄は合わないが。

そう言って寝袋のほうへ目をやったきりになった。この秋の末からのように聞いていたが、もう何年にもわたる疲れがここにきわまって、いっとき飽和して安息のように感じられるのだろうかと私は思った。急に立ちあがった岩木の様子では、つい話しこんで病院の夕食事時がやや迫っているようで、その日はベンチの前で左右に別れた。

三度目に岩木に会ったのは年内にあと三日余す、世に言う御用納めの日の、薄靄でも立ちそうな暖い暮れ方だった。岩木の病院通いも越年になったかと思いながらそばに腰をおろした私に、いないな、と岩木は斜向かいのベンチのほうへ頤をしゃくってみせた。寝袋の影も形も見えなかった。そう言えば昨日も見えなかった。一昨日までは来ていたはずだ。さすがに押し詰まったか、大掃除でもさせられているのだろう、と私は答えて、暮れの二十八日の閑散となった病院を思っていると、どこへ消えたのだろう、と岩木はこだわり、あれは日の暮れきった頃に帰って来る誰かと顔を合わせるのを避けているのではないか、その相手が戸外で働く人間だと、時計によらず、空が暮れかかり手もとが暗くなる頃に仕事を切りあげて帰るだろう、その帰って来たところに顔を合わせると相手の気持がとかく荒れるので、その前にそこのベンチへ逃げ出して、夜が更けて相手が寝てしまうか、どこかへ行ってしまうかするまで、寝袋の中で極楽を決めこんでいるのが、昨日は日曜だったな、土曜いっぱいで仕事納めにされたら、松の取れるまで身の置きどころもない、簡易宿泊所にも年がいよいよ押し詰まると家なしのようにも見えない高年の男たちが集まるそうだ、と深入りしたことを言う。何を思っているのだろうと私は驚いて、あるいは中年になった息子と同居していて、近頃折り合いが悪く、宵には険悪にもなるので、午後から夜更けまで病院のほうへ避けているのだろうかと考えたが何とも受けそびれているうちに、岩木はそこまでなにか激したようだった口調を沈めて、父親のことを話しはじめた。

父親とはこれまで、きれぎれにしか暮らしていないんだ、と言う。幼い頃の記憶は戦災を境にしてその前が人よりもよほど薄い、戦時中、父親は軍需関係の仕事をしていたので家をあけることが多くて、大空襲の夜にもいたためしがなかったが、それでもまず人並みの家だったのが、戦争が終って、焼け出され者の仮住まいに、父親の顔を見ることがすくなくなり、家にいても、しばらく骨休めに来ているような様子で、子供にも、ときおりしげしげと不思議そうに、ひとりで遊ぶのを眺めるばかりで、かまいつけもしない。

そのうちに、いなくなった、と言う。母親は住まいを畳んで子を連れて越した。前から働いていたので路頭に迷うようなことはなかった。子供は苗字が変わったが、学校も変わったところなので、困ったことでもなかった。それが小学生の三年の時のことで、女手ひとつに育てられて中学生になり、父親はよそで再婚して子たちもあるようなことを聞かされた頃に、その父親が夜中にいきなり現われた。ひと晩だけ泊めてくれと言う。母親はろくに口もきかず、玄口の脇の小間に押しこめ、夏のことだったのでタオルケットを放りこみ、境の襖をぴしりと締めた。夜明けには出て行ったようだった。

——それからおよそ四十年、四十年間だよ、父親の顔を見ることはなかった。きれぎれとさっきは言ったけれど、それどころじゃない。つぎに会った時には、こちらもとうに五十を過ぎていた。それでも、祭壇に進み出たのを目にして、すぐに顔を見分けたから、おそろしいものだ。

今から八年前の、母親の通夜の時のことだったと言う。さわやかに焼香して、遺族にただしく一礼して、潔めの席に寄らずに帰った。足腰もしっかりしたものだった。報らせもしていなかったが、誰かがひそかに教えたものらしい。若い頃の馴れ初めに惹かれてきたか。香典を置いて行ったが、名前ばかりで住所はなかった。香典返しをされるのも困るのだろうと思った。とっさに父親と見分けられたことの驚きはあったが、とりわけて感慨もなかった。まだ未婚だった娘と息子は知る由もない。妻は住所のない香典を前に、祭壇に供えて行ったらしく記帳にも名の見えないことに首をかしげ、ひょっとしてあなたの、お父さんじゃないの、と額へ手をやったきり後は何も言わずにいた。

しかしそれから六年もして、ある晩、人が訪ねてきて、戸口に出た妻がまもなく居間にもどり、なんだかわけがわからないけれど、お父さんのようよとささやいた。戸口に立った父親の顔は、母親の通夜から六年の間にすっかり老いこんでいたが、岩木の中学生の頃に母子の住まいにいきなり現われた顔とすぐに重なった。居場所がなくなったので、二、三日置いてくれないかと言って、さほど追い詰められた様子でもない。そのまま居ついてしまった。

そんなこと、通るのか、いまさら、と私はつい口を滑らせた。年寄りの越す先もなかったんだよ、と岩木は答えた。後妻とはとうに別れて、息子たちとも没交渉になり、もう長年アパートでひとり暮らしをしていたのが、立退きを迫られたそうで、こちらはまたこちらで、娘も息子も独立して夫婦二人きりの暮らしに、妻は子供たちが成人してから勤めに出て、夫は停年も近くなり、どちらもなにやかにや心せわしくて、むこうの息子たちと掛け合うのも気が重くて、ずるずるとなった、と投げやりなことを言う。間尺に合わない話ではないか、と私は喉もとまで出かかったのを呑みこんで、奥さんがなにかと、大変だっただろうとたずねると、それが、年寄りが妙におとなしくて、と岩木は寝袋の見えぬベンチのほうをまた眺めた。

——余計なことは言わない。まして角の立つようなことはいっさい口にしない。あちらの息子たちの了見をあやしんでみせれば、腰の落着かなかった俺が悪いのだ、と話を避ける。それは悪いに決まっている。こちらもそう思うと、これまで何をしてきたのか、つっこんで聞く気にもならない。三度の飯は年寄りらしく行儀よく食べる。そして終日《ひがな》、四畳半の部屋にこもって、あれは一閑張りというのか、持参の古色蒼然とした小机に向かって、これも長年運びまわってきたような古本を読んでいる。日の暮れに一時間ほど散歩に出る。それだけだ。俺も停年後には家にいるようになったので、それに間違いはない。朝に夫婦が起き出して来る頃には、もう蒲団を片づけて小机の前にきちんと坐っている。日の暮れまで、読んでるものやら、半分居眠りしているものやら、毎日、人はそんなふうにしても暮らせるものだ。遠慮もあるのだろうが、自然に身についているように見える。ときどきやって来る小さな孫どもが、あやされもしないのになつくから不思議だな……。

まるで父親がまだ家に居るように話していたのがやがて、さてと、遅くなった、今夜は息子さん、もどって来ないようだわねと病院で言われているぞと立ちあがり、一緒に並木路のはずれまで来て、明日は何をするとたずねるので、自分の部屋の大掃除だよ、大晦日の暗くなるまでかかるな、つい取り散らかしたものでと答えると、それではよいお年を、とこんな場合にも言うのかなと笑って、速足に道を遠ざかって行った。

この年の瀬は二十九日の午後から仕事部屋の大掃除に取りかかり、足腰はめっきり硬く、動作ものろくなったので、この分では大晦日の暗くなるまでかかるかと思っていたところが、以前にくらべれば端々に手抜きがあるようで、三十日の暮れの内にとにかく片づいて、大晦日は閑になった。この二日、長年変わりもせぬ部屋の、変わりもせぬ大掃除に忙しくしている間に、手順がふっと滞って、ぼんやりとあたりを知らぬ所のように見まわし、今はいつの年末のことか、と莫迦げたことを訝りそうになり、年月も本人の思うほどには踏まえるに確かではないようだけれど、場所もまた、見馴れたあまりに、見馴れぬものに映るのかと呆れたものだが、こうして大晦日の午後の、片づいた部屋の机に向かっていると、どこをうろつきまわって来た、とこの年の瀬に朝から家を出ていましがたようやくもどった年寄りを咎める気分になる。

終日晴れて表の空気は冷たいが、穏やかに暮れた大晦日だった。夕映えも冬至の頃よりはよほど澄んで、枯木の枝々がくっきりと浮き立った。それもやがて薄暗がりに沈んだ頃になり、どうせ閑だったのだから、陽の傾きかかるまですこし遠出をして来ればよかったのにと惜んで、長い夕日影を曳いて帰る姿が浮かんだ。

岩木が日の暮れ方に父親の眠る病院を抜けて並木路までわざわざ来てベンチに坐っていたのは、あれはもしかすると、生涯さまよいがちであったらしい父親の影に、我が身をしばしなぞらえていたのではないか、とそんなことを思った。並木路のはずれで別れたきり岩木とは会ってない。まもなく病院へ足を運ぶこともなくなったのだろう。その後の消息も聞かない。噂の伝わりようもない。今から思えばお互いによほど若くて、足腰も強かったが、還暦も過ぎていたので、どちらも年寄りの内ではあった。

岩木の父親が何十年にもわたり母子を捨てて顧みなかったその末に還暦に近い息子の家にいきなり現われてそのまま居ついてしまったと聞いた時に、そんなこと、通るのか、いまさら、と口を滑らせたことが、十七年も隔てた今になり悔まれた。さらに、むこうの息子たちと掛け合うのも面倒でずるずると現在に至っていると聞いて、間尺に合わない話ではないかと喉もとまで出かかったのを呑みこんだのはせめてよかった。年末に三日と置かずに午後から老父を病院にたずねて、暮れ方には並木路まで足を運んで、陽気の良い季節ではあるまいに、冷いベンチに坐って息を入れ、暗くなってからまた病院へもどる。何にしても実の親だから、と言うような責務の心からだけではできないことだ。私の父親が寝たきりになったのは八十の手前で、私はまだ四十代のなかばの若さだったので、一年近く、自分としてはまめに仕事の合間を割るようにして通ったつもりだが、そんな熱心さはなかった。

しかし岩木の熱心が情愛から出たかと言えば、情愛というものもまたむずかしい。長年の恨みにかえってこの際《きわ》までひかされてかとあの時にも思ったが、父親との経緯を話す岩木の口調はおしなべて淡白に聞こえた。話しながらときおり斜向かいのベンチへやる目も、寝袋の見える時にも、見えなくなった跡も、冷ややかなようで、どこか羨む色がまじった。

岩木の中学生の頃に夜明けには消えた父親が、中年男が八十過ぎの老年になって、また門《かど》に立った、そして息子のほうも老いの声を聞きつつある。どんなめぐりあわせのことか、とまた考えさせられた。十七年前の私には考えようにも見当のつかぬことだったが今になり、老いの臭いをまず我が身に感じた。年寄りが終日家にこもっていれば、老いの臭いが家の内に染みつく。息子は晩に家にもどった時に戸口から異な気配に眉をひそめる程度だったのが、自分も家に居るようになってからはときおり、おなじ臭いが我が身の内からも立つ。老いの臭いは、年月の臭いでもある。身のまわりに積もっているのに、本人は何かに触れてしか気がつかない。

岩木にとっては父と子との老いが同時にあらわれたことになるか。それまで父親はながらく息子からすれば行方知れずだった。その父親がいまそこにいる。すっかり居ついている。所を得たようなその背中を見るにつけ息子は腹も立ちかけるが、生暖い臭いが父親から伝わってきて、我が身の内からもふくらむ。身綺麗にしていても垢を溜めたような臭いだ。それをあやしむたびに息子は自分こそ、成人して世帯を持って子供たちを育ておおせながら、行方知れずであったような、理不尽な気がしてくる。行方知れずだった父親と、どこにも隠れずにいた自分と、不在と存在が逆転しかかる。父親の身柄についてあちらの息子たちと話をつけるのを面倒がったのも、そのけだるさのせいだったか。やがて情愛に紛らわしくなる。まめな病院通いに感心する私に岩木は困ったような顔をして、そう言われてもな、親孝行だとか不孝だとか、そんな生立ちではなかったんだよ、わからないんだと答えたものだ。

家にいる時にもよそへ出ている時にも、病院のほうを心配するでもなく、忘れているほどなのに、年内と申し渡されればさすがに三日に一度は午飯を済ましてから家を出てぶつくさと病院へ向かうその途中から、気が急《せ》いてくるから妙だ、それにひきかえ病院を抜け出してこの並木路まで来る暮れ方の道ではこのままふらふらとどこまでも行きそうな足になっていると言う。そしてつけたした。

——しかし遇えてよかったよ。なんだかすっかり行き暮れて坐りこんでいるうちに、たしか見覚えのある顔が来る。薄暗がりから年寄りに見えたのが、ふっと若くなった。こちらをしげしげと見ているではないか。

変なところで見つけられた気がしたよ、とそれからつぶやいた。言われてみればそんな気がするな、と私は受けた。私にはもう三十年来の近隣でも、父親の眠った閑に病院を抜け出して来た岩木からすれば、縁もないところで縁もない人間に遇ったことになる。私のほうにしても、長年このあたりにひそんでいたところを人に見られたような、間の悪さを覚えた。岩木にとって、父親が行方知れずになっていたのとほぼ同じほどの年月の間、私という人間も行方知れず、それどころか、念頭にも絶えて浮かばぬ存在であったはずだ。それが年末の薄暮の中で、見覚えばかりがあって誰ともつかずにいるうちに、ある境から、顔を見分けた。記憶やら想起やらのことではなさそうだ。いきなり今現在となって露《あら》われたか。あれから十七年も過ぎて、岩木は息災なら、年末の暮れ方になるとあの男、あの時の出遇いをにわかに不思議がり、つい昨日のことに感じてまた首をかしげているだろうか、とふっと目をあげて思っているかもしれない。年月の過ぎる速さはおそろしい。しかしその年月の流れを分けて突出する現在こそ、存在も不在もひとしなみにして、人を立ちすくませる。

日没の、とりわけ年末の落日の、落ちかかってから沈みきるまでのわずかな間はいかにも長い、過ぎ去らぬように長い、とこらえるように眺めて、今年も大晦日の暮れるのを見納めた。

夜更けになり、昼の内にやっておけばよさそうなものを、年賀状の残りをしたためにかかった。昨夜も一昨夜も、半日の大掃除の疲れを押してせっせと書いたが、思うようにははかどらず、大晦日の夜まで持ち越した。年を取って手がめっきり遅くなったせいもあるが、宛先の住所を書きながら、知りもせぬ土地なのに、皆、さびしいところに住んでいるんだな、と気を逸らされて、自身の背にこそさびしさが染みてくる。どこの界隈でも家が建てこんで賑やかになっているのに、夜になれば家々の灯は外へ洩れず、在所の暗さに返る。街灯や道路を走る車の光がよけいに暗く感じさせる。すこしでも安楽に暮らしたい一心で揃って働きまくって来たそのあげくがこの夜のさびしさか、と悔むに似た心にもなる。

聞こえもせぬ除夜の鐘の鳴り出すかの頃にようやく賀状を済ませ、その夜に書いた分をひとつにまとめて表に出れば、暖冬と言われたが夜中になれば冷えこんで、あたりは人気《ひとけ》も失せて静まり、遠くの環状道路の音ばかりが冴えて伝わり、たしかに昔の在所よりも明るいようで暗いなと眺めて、そそくさと投函して引き返すそのわずかな道が一段とわびしく、足音が家並みの間に立つでもなく、片側には閑散とした駐車場がひろがり、見知らぬ所に感じられる。

長年、夜にはこうして、見知らぬ道を踏んで帰って来たか、よくも迷わずにたどり着けたものだ、と思った。

行く一方で、帰る道のない世の中か、とまた思った。

ゆらぐ玉の緒

細い雨が薄明りを漂わせて音も立てずに降る。

立春の日は晴れて春日和となり、日溜まりに坐りこんでいれば年寄りには欲も得もなく心地良く、しかし近年は立春を境に天候がきびしくなりがちなのでこれも一時のことかと思っていたところが、その後も冷えこむ夜もあったが寒気はよほどゆるんで、雨水の節も過ぎ、その翌日にはさっそく午後から春雨めいたものが降った。

部屋に籠っていたので気づかずにいたが、細い雨ながらだいぶ前から降っていたようで、枯木の下枝の先々に、雨の滴がふくらんですがっている。空がやや暗くなり、雨脚がこころもち繁くなると、その水玉が枝から枝へひかりかわす。あの滴はいつまで枝に留まっているのだろうかと眺めた。落ちそうで落ちずにいる。

春先は病みあがりに似る。その間に格別の病気はしなくても、この冬場もとにかく息災に越したようだと腰を伸ばす年寄りの、安堵がそう感じさせるのだろう。暖房の整った今の世の年寄りたちの内にも、何代にもわたる先祖たちの、冬場の苦が埋め込まれている。春の声を聞けばいささかあらたまる。しかし若い頃にも、そうではなかったか。

若いのに食欲はすすまず、午飯《ひる》には茶漬などを掻き込んで済ませて、長い午後を過ごしわずらう。頭は重たるく、手足もだるくてやりどころもない。日がようやく暮れかかれば、草木の芽が息を吐くのか、家々で煮炊きにかかったのか、甘いような匂いの漂ってくるのにまたなやまされる。あれは春の気に感じて内からも押しあげる精に、心身がまだ追いつかぬせいであったとしたら、やはり病みあがりのたぐいである。

昔、春先の伊豆の山中の宿に泊まった折りに、山独活《やまうど》の芽をこしらえたものが晩の膳にあがり、その鮮烈な香りに感じ入っていると、部屋まで顔を見せた板前さんが山の熊の話をした。冬籠りから覚めた熊はその間に柔《やわ》になった足の裏をかばって残雪の上をよたよたと歩きまわっては、雪間からのぞく山独活の芽を掘り出して、まず精をつけるという。聞いてさもあらんと思った。しかしこの香りはまた、口の内から頭にまで染みわたり、精気もさることながら、もうひさしく身につかなかった正気にしばし返らせるようなところがあるな、何が正気だか、知れないけれど、とも思った。若さのやや傾きかける頃のことだった。

春先の老年にはどうかすると、呼びもしない若い影が添ってくる。晴れた日の暮れ方に表へ出れば、足もとから影が伸びて、その輪郭も春めいて霞んで見える。老体も夕日を浴びて霞んで、いまにも左右に揺らぎかかりそうな蹌踉《よろけ》を踏みしめているのに、影のほうは投げやりながら、どこへ行こうと気ままな、歩き出したら止まらない脚を運んでいる。若い頃には金がないもので、どこまでも歩いたものだ。半日でもひとりで、何を求めるでもなく、歩いていた。あの頃の道の風景はとうの昔にない。風景も失った今になり、年寄りに添って歩く若い影こそ、不憫と言えば不憫だ、とそんなことを思って、角を折れて夕日の向きの変わったところで影と別れる。

夜の机に向かっている間にも、背後の本棚の下に膝を抱えこんでいる若い影を感じることがある。屈託した思いが伝わって来そうになる。うっとうしい。そんなところで何をしているんだ、と咎めかけて我に返る。気配は絶えて誰もいない。自分で自分の背中を眺めていたのではないかと疑う。

さて今夜は疲れたので早々に眠るかと立ちあがったところで、表がまだ霞むようなので、頭の痼《しこ》りをほぐしておこうかと家の外へふらりと出る。締めかけた店の灯の細く洩れて続く町にかかり、物珍らしい気持で行くうちに、足からひとりでに角を折れて暗い界隈に入り、梅の香りがして、長い坂道をくだる。近頃では下り坂に足がもたつくのに、膝がしなやかにはずむ。坂を下りきったところの辻に赤い灯が見える。居酒屋らしく、まるで誰かと待ち合わせたように戸を開ければ、隅の席で男が待っている。

元気かい、と声をかけてそばに坐ると、風邪ひとつ引かなくなったよ、まだ生きていることがもう病いのようなもので、と答えて盃の酒を干す。相変らず呑むなと苦笑すると、晩酌にはこんな小さなもので一杯で宵寝、床に就く前にもこんな一杯で昏睡、たわいなくなった、昼には昼で酒も呑まないのに午睡だ、と言いながらひとりでまた酒をついで干す。店の者の姿も見えないのに、私の前にもお銚子と盃が出ていた。酒を口にふくむとそれにも梅の匂いがした。

——寝覚めはしないのか。

——しても苦にならなくなった。棺桶の中に寝かされているようでもあり、宙に安穏に浮いているようでもあり。

——悟りの境地だな。夢は見ないのか。

——これこそたわいもない。ばかばかしい夢ばかりだ。あれでよくももっともらしい顔をして生きてきたものだ。どれもこれも餓鬼だ。仕舞いまで餓鬼だ。

——女が出て来たら、また違うだろう。

——女の夢など見てたまるか。

投げやりに受けていた男の、語気が鋭くなり、店の内にも漂う梅の香が慄えた。この男、一年ほど前に、細君を亡くしている。そのことをたしか伝え聞いていたはずなのに忘れていた。失念とは言いながら、女の夢のことなどを持ち出したとは、いかにも無神経だったと悔まれた。しばらくどちらも黙って手酌で呑んでから、今日は一日、何をしていた、と私はたずねた。年寄りは一日ずつだから、過去のことに触れるよりも、この一日のことをたずねれば済む、と思った。

半日、表を歩きまわっていたよ、と男は答えた。どこへ行くつもりもなかったのに、昼飯を喰いにそこまで出たら、何となく帰りそびれて、足の向くままにうろつくうちに、日が暮れかけていて、しきりにひだるくて、まだ早いけれどついでに夕飯も済ますことにした、昼も夕も蕎麦だったと言う。墓参りに行ったのではないかと私は思った。彼岸にはまだ間はあるが、春の日に感じて、足がひとりでに墓のほうへ向くことはある。いまどき、歩いて行けるほどのところに墓を持つというような縁などめったにないものだが、かりに長々と電車を乗り継いで行ったとしても、日の暮れにもどれば、ただ日の傾くまで足にまかせて歩きまわっていた気分になるか。墓参りならいずれ旅である。私自身は死んだら散骨にするように家の者に言い置いてある。墓などを遺すのは、生きているうちから、うっとうしい。そのことを思うと、人の墓参りによけいな想像をめぐらすのもむなしくて、日中と日の暮れと、二度も蕎麦を喰ったという話のほうに寄った。

——春先にはどういうものか、蕎麦がよくなる。

——知らずに空腹を通り越してしまうとな。年寄りは食欲もとりとめがなくて。

——若い頃にもそうではなかったか。

——表で蕎麦ばかり喰っていたことはあるな。春先はとかく、心身が行き詰まる。金もなかった。

——大盛りを一枚たいらげてようやく平常、平常の空腹になったものだ。

——銚子の一本も取れればよかったんだ。隅の席で蕎麦を肴にちびりちびりと、しみじみとした様子で呑む年寄りがいた。くらべればこちらはみじめたらしく、泣き濡れたみたいに蕎麦を啜っている。早くあんな年寄りになってしまいたいと思った。老年をうらやむことが、若い頃にあったんだ。

——今日は呑んだのだろう。

——昼にはこらえたが、日の暮れには一本あつらえた。蕎麦には荒い酒がいいな。味が出てくる、酒も蕎麦も。銚子一本ぐらいで、間が持てるようになった。日が暮れて、夜が明けて、また暮れて……立派に耄碌してるな。

そう言って手酌でまた酒をついで、口へ運びかけて下に置いたきり、その盃を眺めている。その顔に盃からさしてくるような笑みが浮かんでは揺らぎ、遠い感じもふくんで、やはり墓参りの帰りだったかと私がまた思っていると、睡たげな眉をあげて、女の夢を見たよ、と言った。

——まだ二十代のことになるか。遠い郊外の新開地の、こんな季節の暮れ方の、駅前の広場だ。夕日の差す中、買物の女たちで賑わっていた。その端のベンチに女と、すこし離れて並んで坐っている。女がようやく現われた時に離れて腰をおろしたのでそのままになった。半年も会わずにいたのを、連絡がついて呼び出したところだ。女は裾の長い普段着のスカートに、足もとはサンダルだった。買物袋を提げていた。広場のほうへ目をやったきり、こちらへ顔を向けようともしない。話はすぐに尽きて、立ち上がって別れるばかりになっている。来た道を引き返して今夜もひとり暮らしの部屋で過ごすことになるか、それにももう馴れたな、なぜいまさら呼び出す気になったのだろう、と夢の覚め際に年寄りが思っているからおかしい。ところが、その女が誰だったのか、覚めるとわからない。

面影というやつか、と私はただ受けた。微妙な話でもあるようで、人の夢にはうかつに踏みこむものではない、なまじたずねれば、宙に浮いていたものが一方へ、もしやよくないほうへ振れかねないと用心して黙った。男は遠くへ目をやり、長い女の髪の間から目も鼻も見えて来ない、腰をつつむスカートの、馴れた温みばかりが、覚めた後まで伝わった、淫夢としても年寄りは控え目になるものだ、と苦笑してそれで済ますかと思うと、妙なことを言い出した。

――終戦直後の、銭湯を知っているか。あらかたの銭湯が空襲で焼かれて、残ったところも日によってやっていたりいなかったりで、遠い界隈まで洗面器を抱えて探してまわったものだ。ある日、午さがりに母親に連れられて行った。まだ満で八つになったばかりだったので。やっと見つけた銭湯の、長い暖簾を分けて、母親は腰を引いて立ちすくんだ。その腰の蔭からのぞくと、すぐ内から女たちの裸体がひしめいている。その肌が高窓から差しこむ夕日を浴びて桜色に、まさに花の色に、もわもわとうごめいている。ひるんで退散してきた。

女の裸体のひしめく光景にこちらもつられて目をそむけんばかりにしながら、しかし一人の女のことからそんな裸体の群れへ話を向けて、何を思っているのだろうか、とあやしんで続きを待っていると、なかばひとり言につぶやいた。

――駅前の広場を往き来する買物の女たちを眺めるうちに、たまたま一人の女の、ちょっとした膝のためらいを目にしたはずみに、桜色の肌が広場にひしめいた。それにつれて、いまそばにいるけれどももう去ったにひとしい女と、半年ばかり前までは肌も馴染んでいたことが、想像も及ばぬほどに遠くなった。

想像も及ばぬと言うけれど、たかが半年の隔りではないか、抱き寄せてしまえばよかったのだ、人に見られてもかまうものか、広場の女たちも皆、裸なんだから、と私はいっそ荒っぽく突き返そうとした。女もあらためて求められたら抱かれるつもりだったのかもしれない、馴れた肌をわざと馴れ物につつんで来たところでは、とまで思ったが、春先の暮れ方の青年のためらいが、老年の夜の夢に未練となってあらわれたかと思えば、自分もせつないようになり口をつぐまされた。暖簾を分けてのぞいただけでたじろいで退散するようでは、と男はまだ銭湯のことにこだわる。

——親が親なら、おのずと子も子だ。生活欲とかいうものが薄かった。とにかくひた前向きではなかった。お上品な暮らしをしていたわけでもないのに。その息子が三十のほうへ近くなっても半端な暮らしを続けて先も見えない。これでは女は去るはずだ、と夢の覚めた後もけだるくあきらめているのだから、年の取り甲斐もない。人並みの結婚をして子をつくりたい、と前から女に言われていた気もした。これには負ける。そばにいる女の、さすがに馴染んだ温みの伝わってくるのを感じては、このからだでほかの男を受け容れて子を宿すことになるのかと思っていた。やがて立ちあがって買物の女たちの間へ紛れて行く女の腰を、これで気持の整理もついたので今夜にも男に抱かれるのか、とベンチから見送った。甘い匂いが跡に遺った。

一歩踏みこんだのと、踏みこまなかったのと、その差だったのだろうな、言葉ひとつ、声音《こわね》ひとつで、違ったことになったのかもしれない、と私はようやく受けて、あったことと、なかったことと、どちらが後年になって重くなるのだろう、と自問するようにたずねると、実際にあったことだろうと、なかったことだろうと、夢は何かの取り返しをつけようとするものらしい、取り返しのつくことなど、何もありはしないのにと言う。

その人も、息災なら年寄りになっているだろうし、子も孫もあることだろうから、と私は取りなした。いや、そんな経緯のあった女は、後にも先にもいないんだ、と男はしかし答えた。

――死んだ女房と、若い頃に別かれていたことはあったが、わずか半月ほどのことだ。音沙汰もないのであきらめかけた頃になり、むこうからやって来た。まもなく妊娠した。それきり長年連れ添った。孫たちも大人になりかけている。まったくの現《うつつ》の話だけれど、これこそ夢だな。梅の花の匂いがするようではないか。

そう言って戸口のほうへ振り返り、まるで軒を見あげて、遠ざかるものを追う目つきをした。

――玉の緒も千尋《ちひろ》にゆらぐ春日かな

陽炎《かげろう》のゆらゆらと、はるかに立つ春の日だろう。千尋には垂直ばかりでなく水平、深きと遠きと、時空のはるけさをふくむか。室町のおそらく応仁の乱の頃の連歌の、心敬の発句になる。どんな脇句が添ったかは知らない。

玉の緒とは玉をつらぬいた緒、さらには魂を身体につなぐ緒、命のことになるらしい。枕詞としては長いにも短いにも、乱れる絶える、つまり弱いにも、そして現《うつ》し心にも掛かるという。魂はとかく身体から遊離するとおそれられていた。

――初春の初子《はつね》の今日の玉箒《たまははき》

手に執《と》るからにゆらぐ玉の緒

この歌を踏まえている。萬葉集に見えて大伴家持の歌と言われる。新古今集にも採られている。初子は新年最初の子《ね》の日である。子は十二支の初めなので、とりわけあらたまった日と感じられた。この日に揃って野に出て、小松を引き、若菜を摘み、長寿を祝う。祝うということは願うことでもある。この日にまた玉箒を飾る。蚕《かいこ》の床を掃く道具だという。玉というのは緒の先に玉飾りがついていたのだろう。農耕の鋤と、雌雄一対のものとして祝ったものらしい。

養蚕はもともと春のものだったのが、工夫を重ねて夏秋にもおこなわれるようになったという。都会育ちながら私も蚕を育てたことがある。国民学校の一年生の夏休み、まだ空襲のさほど迫っていなかった頃のことになる。稲作と養蚕とが国柄の象徴と見なされたようで、児童に宿題として課せられた。ごく小さな幼虫だったか、卵を紙に貼りつけたものだったか、学校から分け与えられて、ボール箱の中に入れて飼った。昭和の初期に開発された新郊外の住宅地にも桑の木はまだところどころに残っていた。その葉を朝に摘んで来ては、蚕は湿気を嫌うというので、朝露を丁寧に拭き取る。雨の日には手間がかかった。そして毎日、羽毛のようなもので掃除をする。蚕の床は清潔にしなくてはいけないと教えられていた。それでも農家ならぬ都市の新興住宅は風の通りが悪くて湿気がこもりがちのせいか、幼虫はつぎつぎに死んでいく。とりわけ夕立には弱わるようだった。その末にわずか数匹生きながらえた蚕に、脱皮の時が来て、肌が飴色に透ける。そして眠る。脱皮は四度繰り返されたか。最後に繭ひとつだけが結ばれた。白くて綺麗なのでそのままにしておいたら、先端を喰いちぎられて、蛾が一匹、部屋の隅でばたばたしていた。

きまじめに蚕の世話をする子供に、学校で奨励されたということもあるが、敬虔らしいものが伴ったように思われる。すべて、その後一年足らずで炎上した家の内でのことになる。記憶も焼き払われたその灰燼のように感じられるが、後々までときたま鼻の奥に、桑のものか、桑を喰《は》む蚕のものか、青い匂いがふくらむ。女人の肌から立つものに通じるなと思ったこともある。そのことを農家出身の知人に話すと、男のする仕事ではないな、男が世話をすると蚕は育たない、子供でも同じことだ、と笑われた。ほんとうだろうか。酒の麴を仕込む時には、女人が室《むろ》に入ると、発酵が思わしくないとは、つとに母親の郷里の酒造家《つくりざかや》で聞いていた。

玉箒はまた魂箒、魂を寄せる道具でもあったという。それでもって胸のあたりを撫でて、散りかけた魂を集めて留める。鎮魂である。鎮魂と言えば今では死者の魂を鎮めることになるが、古くは生者の、遊離した魂を静めて、沈めて、身体に落着かせることであったらしい。心神喪失というほどでなくても、放心や周章や、大事を前にした緊張やら、心ここにない時にもほどこされた呪《まじな》いであったようだ。

しかし玉箒がうわのそらの魂を身にしっかりと添わせるためのものだとしたら、手に執るかにゆらぐ玉の緒では、逆のはたらきになりはしないか。いや、手に執れば、緒を飾る玉がおのずとゆれる。それだけで初春の初子の今日の、時めきは伝わる。玉の緒を命と重ねても、その緒がゆるんでゆらいで、魂も宙に浮くばかりとは、めでたい。陰暦正月の、わが衣手に雪は降りつつとも詠まれた時節ながら、野に春の日が渡り、陽炎も立つ光景も見えてくる。魂をつなぎとめる用のものを手に執るや魂の緒がゆらぐとは、晴れの儀の華やぎという本来の意味で、面白《おもしろ》のことではないか。魂《たま》つなぎの呪いは危急の場ばかりでなく、晴れの場へ趣く前にもほどこされたという。どちらの場にしても、魂が一身からほぐれないようでは、恍惚感がないようでは、しっかりと臨めない。現し心とは、つながれてはほどかれ、ほどかれてはつながれ、心ここにあるのと、ここにないのとの、その往還の間にこそ生じるものか。

　それにひきかえ今の世に生きる人間はもうながらく、ぼんやりするまいとの用心のあまり、魂を身の内に閉じこめ閉じこめしてきたその末に、かえって現し心がつきかねている。

　夕日のもう差すか差さぬかの土壁に、七つ八つの子供がひとりもたれているのを見た。暮れるにつれて染みてくる冷たさに、両手を腰のうしろにまわしてあてがっていた。外国の裏町のことだった。目をゆるくひらいたきり、何を見ているようでもない。長いことそこにそうして立っていたようで、口もともゆるんでいる。放心しているなと見てその子の前を通り過ぎる時に、覚えのある温みの中を抜ける心地がして、遠ざかるその間、自身の歳月を踏みしめていた。それでいて、さしあたりどこと行くあてもないのに用ありげに足を運んでいる。路のはずれにかかり、子供の泣く声を耳にした気がして振り向きかけたが、角を折れてさらに足を急かせた。あの界隈にもとうにビルが建ち並んでいるとか聞く。

　私の子供の頃にも夕暮れ時の町の、半端なところに立ちつくす子をよく見かけた。口をうっすらとひらいている。蓄膿気味の子の多かった時代だった。その立ちつくす子のうしろにまわり、わっと背を突くと、竦みながら、驚きからもまだはずれたような顔を振り向ける。ある時、その悪戯をまた仕掛けようとすると、通りがかりの老女が止めた。そんなことをしたら、魂が飛んだきりもどらなくなるから、と言う。そうたしなめておいて、立ったきりの子のそばに寄り、項《うなじ》のあたりをやわらかに、我に返るまで撫でていた。放心しているところをいきなり驚かすと、夜中にうなされたり、寝床から起き出してうろつくようなことがあったのかもしれない。暮れ方にあんなところに立っていると、変なものにさらわれかねない、と眉をひそめる大人もいた。

夕暮れにひとりきりになって立つ女の子の、その背後に男の子が忍び足でまわり、いきなりスカートの下に手を入れて、下ばきを膝までおろしてしまう。女の子はそれにしてはたじろがず、なにか遠くへ笑っているような顔を振り向けてから、腰をまるく屈めて下ばきをなおし、何も知らないくせにと言わんばかりの大人の背を見せて立ち去る。

日の暮れにはまた年寄りの道端に立つ姿が目についた。人を避けて物陰に身を寄せ、腰を屈めたきり、あるいは杖に依って、往来をしげしげと眺めている。まるで夕暮れに迷い出てきた影のように見えるが、さらにたそがれてから出会うと、人の往き来を熱心に追う目の深さのせいか、白髪が残光を集めるのか、その姿ばかりが浮き立って、大道を速足で行く壮健な人間たちのほうが風に吹き流される影に見えてくる。幽明のしばし逆転する時刻が昔はあったか。町の角ごとにそんな姿があったようにも思われた。

暮れ方に路上にうずくまる年寄りを助けたことがある。前のめりに倒れこんだようで、うずくまるというよりはひれふすようになったきり頭を起こさない。二月の末の北風の吹く日だった。通る人は立ち停まりもしない。見かねて私は自身もあぶなげな足取りで年寄りのそばに寄った。まだ五十のなかばだったが、頸椎に長年のひずみが来て、手足に神経麻痺があらわれ、明日は入院という日だった。そばに屈んで声をかけるとしっかりした返事があったので、うしろから抱えてゆるゆると起こし、正坐の恰好にまでなったところで、すぐに立ち上がらせるのはあぶないと分別したのは、自身の足腰の弱りのいましめだった。このまましばらく息を入れたほうがいいでしょう、立ち上がれないようだったらすぐにもどってきますから、と言ってそばを離れた。

向かい風に吹かれてよけいによろけがちの足で路のはずれまで来て振り向けば、まだ路上に坐りこんでいる。背こそまるめているが端然とした姿に見えた。なりゆきにしばらくまかせている様子だった。いましがたうしろから腋を支えて抱き取った時の温みが寒風の中であらためてふくらんだ。命の匂いのように感じたのはこれもこちらの、まだ五十代のなかばながら身の弱りからだったのだろう。それにしてもあの年寄りには今、あたりがどんなふうに見えているのだろう、もしや人も通らぬ野っ原の、風に枯草のなびく間に捨て置かれて平常の正坐をひとりまもる心地でいるのではないか、とまた眺めやると、その姿がくっきりと際立ちながら遠のいて、ひと走りで助けに寄れる距離なのに、越えられぬ境にあるように見えた。空間がこうも変わって映るのはすでに病人の目か、自分もあぶないところにいるのではないかと疑った。

そのうちに、目ばかりになって心ここになかったせいか、あたりは急に暗くなり、年寄りが片手を地に衝いて、もう片膝を立てたのが見えた。その膝をじわじわと伸ばし、ようやく浮いた腰のわななくのをこらえている。なまじ手を貸せばこちらこそ支えきれずに共倒れになると見まもっていると、どうにか両足で立ち、膝から腰をまたゆっくりと押しあげて、立ち静まりながら、風を受けて肩がかすかに、まるでひそかに笑うように、左右に揺らいでいる。そのまま、吹かれるのにまかせて、小足を送って歩き出した。

つられてこちらも足を踏み出し、いまさら後を追ったが、間隔が思うようには詰まらない。年寄りの坐りこんでいたあたりにかかる頃には先を行く影は路の向こうはずれから左へ折れて、あたりはすっかり暮れていた。そのはずれまで出て左のほうを見れば、影はもうだいぶ先のほうにあり、停まっているように見えては遠ざかり、夕闇に紛れた。ひとり残されて私は年寄りとともに路上に転げる自分を思い、起きあがるまでに悶えるみたいにしたことだろうなと目をそむけ、右へ折れて家へ向かった。しばらく見納めになるか、と日の暮れに出てきたところだった。入院の仕度は整っていた。

あれから二十五年にもなる。手術は三月の初めの、あれも春先のことだった。その前々日がめっきり春めいて、長い一日となった。手術まで間に一日あることがよけいに日を長く感じさせた。立って歩くのにぎりぎりの限界まで来ていた。ようやく日の傾く頃に呼び出されて手術前の最後の検査に向かう長い閑散とした廊下をたどる間、背をまっすぐに立て、足を一歩ずつ踏みしめて、平衡をわずかに保つ姿勢が、正面から霞んで差す春の夕日を受けて、かすかに揺らぐように感じられた。頸椎にメスを入れるのだから、医者は安全な手術と請け合ってくれたが、取り返しのつかぬこともあり得る。無念無想とは、この春の日の、日常に留まるということか、と思った。手術の前日は変わらぬ永日だったが、よほど速く過ぎた。

手術後ひと月あまりを経て、四十九日ぶりに家に帰ったのは、桜の花の咲く頃になる。その間半月は首枷をはめられて仰向けに寝たきりの日々だった。枕元のほうの扉も足もとのほうの窓も視野に入らず、白い天井ばかりを眺めて、空間から時間まで狂いを来たしかけたことがあったが、この苦行はとうてい過ぎないと思ううちに過ぎた。部屋に差しこむ朝日に、夜じゅう繰り返された寝覚めからまた覚めたように目をひらいて、心身のいささかあらたまったのを感じながら、先はまだまだ長いことに溜息をつき、身はならわしものとか昔から言うようだけれど、あれはどうしても馴れぬという嘆きと、これにも馴れていくようだという哀しみのまじったものか、それはとにかく日がこうして過ぎていくとはよくしたものだ、と感心したりした。

家にもどって湯を浴びて、ひさしぶりの家の午飯を済ませてから、居間の椅子に腰をおろして硝子戸の外に照りこぼれる花をとろとろと眺めるうちに、空がいつのまにか曇って、あたりが暗くなり、季節には早い夕立が降りかぶさってきた。地を叩く雨の音に、我に返った心地がした。入院から退院までの経緯がにわかには思い出せなかった。

幾度でも我に返る。床上げを済ませても、さっさと歩けるようになっても、走れるまでになっても、何かのはずみに、今の今まで尋常でなかったような、ようやく境を越えたような、快癒感をあやしむ。茫然とした衰弱感がそれに伴う。その後も老年に深く入るまでに幾度にもわたってあちこちに故障を来たして手術に及ぶことになったが、退院の後ではなくて、心身に異変を感じてから、どこが悪いとも知れずに日を送るその間に、やはり何かのはずみに我に返ったような、快癒感に紛らわしい、かすかな恍惚へ通じるものを覚えて何事かと首をかしげることがあった。そんなことを繰り返して、老いはすすんだようだった。

考えてみれば十五の歳に腹膜炎をわずらって死にかけたのも三月の、春先のことだった。桜の花の咲く頃にようやく立てるようになり、病院の廊下をゆらりゆらりと歩いていた。それを家族がつくづくと眺めて、女の子に生まれ変わったみたいだとつぶやいたものだ。ひと月も寝たきりの間に背がほっそりと伸びて、顔も白く、髪が襟にまで掛かっていたせいもあったが、出かけた性徴が病いに負けて引っこんでいたのだろう。刻々の苦悶のきわまった夜には、戦災を逃がれて来たけれどやはり捕ったかと少年ながら観念したほどなので、春の廊下をすべての苦から解放されたように陶然と行く姿は、よほど薄い影に見えたかもしれない。

——かげろふや塚より外に住むばかり

この内藤丈艸の句を初めて、芥川龍之介の「点鬼簿」の末尾に見たのは、病気も癒えて高校にあがった頃になる。これは自分にも覚えのある光景だと思った。近い肉親にも友達にも亡くなった人はまだなくて、点鬼簿の何たるかも知らなかったが、子供の頃にあしかけ五年ばかり、寺の多い界隈に住んでいた時期があり、子供たちは寺の境内で遊ぶうちに熱中すれば墓の間を駆けまわる。ある日、気がついてみれば仲間にはぐれてひとりきりになり、立ち停まってあたりを見渡せば、陽炎が一面に、並び立つ墓石をおしなべて、むこうの境の塀まで、ゆらゆらと伸びる。丈艸の句を読むや身も揺らぐように感じられたところでは、そんなことがあったにちがいない。亡き芭蕉の塚に参った時の句だとは、少年は知る由もなかった。こうして春の日に参る自身も塚の外に立つ陽炎に変わりもない、というような理を通すこともしなかった。結びの「ばかり」が、人ひとり見えない陽炎のひろがりを、読んだ後まで遺して、しばらく揺らいでいた。

信じられぬほどに安穏な朝の光に照らされて、あたり一面にひろがった焼跡に、つい未明の炎上のなごりにまぎらわしく、はるかに立った陽炎を思い出していたのかもしれない。

後年にも幾度かこの句にめぐり逢って、身辺に故人の数もふえてくるにつれ、句の光景に目を瞠り、その静寂に耳をやったものだがいつ頃からか、しかもながらく、かげろふや塚より外に立つばかり、と記憶していた。立つではなくて住む、塚より外に住むばかり、であったことに気がついたのは老年に入ってからのことだった。住むという言葉は重い、生きるというよりも重い、陽炎の立つもとで身の内の翳るほどのものだ、といまさら感じた。世にあるのは、住むことにほかならない。食べるのも、住むうちのことだ。男女の同棲も、男の通うのも、住むのひと言であらわされた。

句の主の丈艸は僧侶の身だが、一所不住の心で生きていたとしても、たとえしばらく居ては打ち破り旅から旅へと渡ろうと、草枕だろうと草庵だろうと住むのは同じこと、住むとはこの世を生身《なまみ》で暮らす、そのすべてをふくむ。それでこそ、亡き人の沈黙を前にしての、塚より外に住むばかりの、暗い体感ではなかったか。住むばかりとは、無常のほうへ解き放たれるよりも、いよいよ生身へつながれる心の、のがれがたさの詠嘆に思われる。僧侶の食事のお斎《とき》も、時の意味を残すかぎり、これも住むことの哀しみである。それでも陽炎とともに、玉の緒も揺らぐか。

しかし我身をかえりみれば、住む心はしかと身についているのだろうか、と疑いが動く。四十何年も同じ棟に住みついて、その暮らしの維持のために生業に精を出してきたのに、老年に至って平常も平常の折りに、自分は何処にいるのだろう、と気の迷うことがあり、それがふっと我に、現在に返った心地に似る。老耄の萌しではあり、いっそめでたいことなのかもしれないが。

まだ気ままな学生の身分の頃に、大勢の人の住まう間で、夜道に迷ったことがある。あれも春先の宵の、マンモスと呼ばれて広大な新開の団地のことだった。そこを抽き当てて越したばかりの先輩の新世帯に招かれた。バス停からの道順はよくよく教えられていた。条理の通った道だったので、バスを降りて方角をざっと見定めてから勝手知った足で歩き出し、もうこの辺かと思われるところにかかり、棟の番号の移り方が妙なのをあやしむうちに、遠くまで来てしまったらしい。なにやらにわかに夜が更けて、行く手に白い棟がつぎつぎに湧いて出る。山で道に迷った時の心得はあり、ここは起点まで、バス停まで引き返して出なおすに如くはないと分別したものの、振り返れば、いましがたどの角を折れてきたものやら、見当も失せている。しかたなしに、まだ人の帰宅する時間の内なので、人の来る方へ来る方へ足を向ければバス停に出るはずだと思案して歩き出したが、つぎのバスはまだ到着していないらしく、人の通りは途切れがちで、また心細くなるのを、ひとりふたり、と向かいから来る人を数えて、その数の積もるのをたよりに行くと、身ながらいささかあの世の者に感じられた。行くほどに先はまだ長いと思われてきた頃になり、通り過ぎかけた棟を徒らに振り仰いだ目に、招かれた棟の番号が、あり得ぬほどくっきりと映った。安堵よりも、今になり自身が失踪したように、途方に暮れたものだ。

遅刻を詫びて、うっかり前を通り過ぎて道に迷ったことを話すと、俺もいまだに、そこまで来て迷うことがある、と主人《あるじ》は答えた。酔って帰った時ではない、酔っていればかえって間違いはない、それよりも、バスを降りてこの辺の夜気に触れて、目だか頭だかが、やけに冴える時があぶない、と言う。ここに住まう心がまだしっかりとはついていないらしい、とつぶやいた。そんなものかと私は聞きながら、二ＤＫほどの住まいを見まわして、こんなに匿われた、内に入ってしまえば隠れ家も同然のところに、新妻と暮らす幸いをうらやんだ。団地を抽き当ててしまえば、もうこっちのものだ、と若い男たちの間で言われていた時代だった。心おきなく女と馴れることを思っていたようだ。

しかしあの夜、道に迷っても山中ではあるまいし、落着きを失わなかったつもりだったが、内心かなり動揺していたようで、日頃は方向に聡いほうでも何かのはずみに、よくよく見知ったところでもあんな自失の境に踏み入るかもしれない、という戒めが後々まで尾を引いた。道を失ったというよりも、自分を失ったように感じたらしい。初めて来た土地にせよ、とにもかくにも「人里」で道に迷って立ちつくすような、そんな結構な育ちではない。その戒めのせいか、角々で見覚えをつける癖がついたようで、それからはたいそう道に迷うことはなかったが、およそ三十年後に、これこそよくよく知ったところで、見当を失うという目に遭った。

すでに五十代に入って四十九日も病院で暮らした後の、初めての夜の外出のことではあった。

しかし生活はすっかり平常にもどっていた。宵の口に知人と待ち合わせた酒場にはそれまで何年しげしげと通ったことか。その酒場ももうすぐ目の先の、賑やかな交差点まではまっすぐにやって来た。ところが、四つの角から角へ、長いこと迷い歩くことになった。

見覚えの返った角へ渡るたびに、その見覚えが失せる。交差点のあたりを離れないので遠くまで行き過ぎたはずはなく、その酒場のある建物を幾度も見ながらに通り越しているらしい。まるで惑神《まどわし》にひきまわされているようだったが、しかし焦りも乱れもなく、心身は白く静まっていた。何にしてもこの春に半月も天井ばかり眺めて暮らしたのだから、空間の狂いがぶりかえすことはあるだろう、そう言えばあたりがひとしなみにくっきりと目に映るので見当がつかないようだ、しかしなまじあわてないのでずるずると迷っているのかもしれない、とそんなことを他人事に考えながら、病中から予後の習いで背をまっすぐに伸ばして、足をゆったりと運んでいた。道に迷った姿とは、端から見えなかったにちがいない。

暖簾を分けて店に入ると、カウンターから知人がしげしげと見た。来るのが遅いので、もしや日を取り違えているのではないかと思ってお宅に電話をしたら、二時間近くも前に家を出たと聞いて心配していたところだと言って、美人に会って来たみたいな、ほんのりとした顔をしていると笑う。そうだよ、心惑わせる美人だった、おかげでしばし失踪した、と答えてそばに腰をおろし、失踪などという言葉を口にした手前、ついでに家にも電話を入れておいて、その夜はくつろいで酒を呑んだ。酔いがまわるにつれて、まだ迷い歩く男の影を追っていた。夜が更けて、あたりが閑散としてきて、時間の経つのが速いとあやしむうちに、夜はしらじらと明けて、男の肩のあたりから陽炎のようなものが立ち、男はいつか病中の浴衣に、今は初夏なのに春先の毛の物をはおっている。

今年は莫迦に春の来るのが早いな、と晴れた日の午さがりに電話を掛けてきた同窓の旧友がいきなり切り出した。まるで慨嘆するかのようだった。私も思わずその口調に染まって、そうだ、うかうかするうちに春になってしまった、と答えた。たしかに、立春は穏やかに過ぎて、しかしまだまだだと思ううちに、なしくずしに春になってきた。それにしても年寄りなら春の早いのを喜びそうなものを嘆くとは、あまり急な春のうながしにも、老体は苦しむらしい。いずれ年寄りどうしの時候の挨拶には、詠嘆の声音がまじる。ひとしきり陽気の早さをこぼすようにしてから例によって同窓たちの消息をたずねあう。七十のなかばまではその間の逝去者がひとりふたりはいたものだが、八十の坂にかかる頃から、訃音も絶えている。ひとまず休息か。五年足らず先になったお祭り騒ぎは、見届けてやりたくもあり、見たくもない気もするな、と笑いあうと話題も尽きた。電話を置いてから私は睡たくなるような春の陽気に目をやって、どうせ塚より外に住むばかりだとつぶやいた。しかしその暖かさも三月の上旬の内のことだった。

ある日、終日煙るように降っていた雨が宵の口にはあがったかと思うと、夜の更けかかる頃に表をのぞけば、あたり一面に濃い霧が降りている。いまどきの住まいの内にいるとこんなに濃い霧にも気がつかないものか。霧の降る夜には人は長年の住まいを出て、忘れていた本来の住まいをたずねるとか、そんな古い話は聞いた気がする、と考えかけたが埒もないことと払った。ついでに、若い頃にやはり濃い霧の降る路上で、霧は炭火の匂いがするなと私がつぶやくと、いや、人肌の匂いだ、とたちどころに返した男のいたことを思い出した。とうに亡くなっている。

半時間ばかりして表をのぞけば霧はあがっていた。所によっては宵の内から長い間立ちこめていたらしく、羽田の空港では欠航便が出て、多くの乗客が足停めされたらしい。霧が降りると空気は温《ぬる》くなる。風がおさまったということなのだろうが、霧も空中に飽和した水蒸気の結晶だとすれば、微細な水滴がそれぞれ熱を吐き出すのかもしれない。どういう気象の加減か知らないが、これでいよいよ本格の春へ移るその境目の濃霧かと思われた。ところが、霞みがちな一日を置いて、翌々日から冷えこんだ。

それからは天気は崩れがちで、気温もあがらず、暮れ方からは北風が吹く。三寒四温などと言うようなものではなくて、明後日からは春の陽気になると予報されるのがつぎつぎに先送りされて、彼岸まで来た。

彼岸過ぎには鶯の来て鳴くのを聞いた。足もとに気がつけば道端に菫の花が咲いている。しかし晴れても空気は冷たくて、花は白っぽく、きりつめて咲いている。日中の空模様は午前から午後へ、さらに暮れ方にかけてのべつ変わる。うららかにもならず、日ばかりが永い。足は蹌踉《よろけ》をふくんで、頭は物もろくに考えられぬままにひとりでに痼《しこ》る。いっとき尚早の春にゆるんで、陽炎のゆらめきあがる光景まで思った心身が、いまさら寒気に締めつけられる。

しかし日中よりも夜中のほうが、空の動きは激しいように、寝覚めには感じられた。表の様子の伝わってくるような住まいでなく、起きあがって空をのぞくのも面倒で放っておくが、なにやら重くのしかかる変化に刻々と、受けるままに堪えてきたような体感が寝覚めに遺る。それにしては神妙な寝相をまもっている。ただ手足の置き方がどこか奇異で、自分のものとも思われず、ほぐすのにやや間がかかる。老体は天象に支配されやすい。正体もなく眠っていればなおさらのことだ。あるいは天象の変化に感じると、眠りがしばしば度を超えて深くなるものか。

近頃、私の住まう区の内のどこかの地域で、地鳴りを聞いたという。山鳴りとか、林が鳴るとかいう話は聞いたが、街が鳴るとはめずらしい。おそらく夜中、それも未明に深く入った時刻のことだったのだろう。どれほどの響《とよ》めきが寄せたのか。眠っていたのが覚めるほどのものだったのか。私も眠りながら、それに感じてはいなかったか。

覚めている間はとかく目先の事に紛れ、時刻に追われ、月日の経つ速さに驚いて、これを暮らしと思っているが、じつは正体もなく眠っている間こそ、本人は所も知らず時も知らず自己《おのれ》も知らず、現在の内に住んでいるのではないか、と考えた。過去も未来も吸い寄せて淀ませる今現在に。それに応えて、天も鳴り、地も鳴る。存在の飽和から、ゆらゆらと立ち昇るものがある。陽炎の立つ中で感じるのも、眠りの内のゆらめきの、余波のようなものか。

三月も末にかかり、私の住まうあたりでも桜の花がまばらに、数えるほどにひらいたが、温《ぬる》もうとしない風の中で、色もまさらず凍りついた。ある日、曇りがちの空が午後から晴れたがやはり気温があがらず、雨もよいの空のもとにあるように頭は重たるく、かすかな眩暈の感じをふくんで、それが夜まで持ち越され、どうしたことかと訝っていると、夜の更けかかる頃に雷鳴がして、北の風の吹きつけるにつれて烈しくなり、雨も降りかぶさってきて、終日頭の痼ったのもこの天の鬱気のせいだったかと息をついたが、ほどなく雷は南のほうへ移り、残る雨の中、遠い稲妻ばかりになった。頭のほどけるまでにはならなかったな、とはぐらかされて床に就けば、その夜はたちまち眠りに落ちて、夢も見ず寝覚めもせず、よほどの昏睡だったようで、気がつくと正午をまわっていた。あらたまった気分もしなかったが、ひさしぶりに若い眠りだった。

よくも老体がついでに往ってしまわなかったものだ、と呆れもした。

孤帆一片

正午前の散歩にすっかり青葉となった雑木林にかかると、夏の樹の花らしい香りがほのかに、薄紙で掃くように、漂ってくる。ほんの数歩の間だった。四月の下旬のことで夏の樹の花の咲くにはまだ早い。卯の花のウツギはこの辺にはない。クチナシの匂いはもっと甘い。どちらにしても五月から梅雨時にかけての花である。それに、鼻の奥につかのまひろがった香りには遠い記憶の感触があった。どこから、いつから来たのか、思いつかぬままに通り過ぎて、帰り道に同じあたりにさしかかり、同じ香りに感じて、さてはミズキの花だったかと見あげた。

大枝を車輪状にひろげて、楕円形の葉はよほど鄙《ひな》びているが桂を思わせる。初夏には細枝の先々に小粒に聚《あつ》まった白い花を咲かせて、そのうっすらとした香りが懐かしいように感じられるので、雑木《ざつぼく》ながら、通るたびに見あげたものだが、年月の経つうちに樹が成長して葉は隙間もなく繁り、車輪状の枝ぶりも小粒の花も見えにくくなったせいで、毎日のように通りかかり、香りには感じていながら、立ち停まりもしなかったのだろう。見あげなくなってからもうひさしい。

こちらの眼が年々悪くなったせいでもある。香りに感じても、青葉の繁りに紛れて白い花の粒が見えない。しかも香りに記憶の影がともなう。かれこれ五十年近く前にこの界隈に越して来たよりもはるか昔の影のようにも感じられるが、こんな香りの漂うところで暮らしたことはない。それにミズキにしては花の咲くのがすこし早いように思われる。しかし幻花の、また幻香にしては、ほのかながらくっきりと漂う。この春はいつまでも冷えこみがちだった。その不順にぎりぎりまで抑えこまれていたせいらしく、四月のなかばをまわり、寒気がゆるむと、いや、ゆるみきらぬうちから、落葉樹の芽吹きが一斉に始まり、たちまち青葉となった。ミズキの花の咲くのも、天気の順調な年よりもかえって早くなったのかもしれない。

青葉の繁りを眺めていると、今年の桜の花はどうだったのか、にわかには思い出せなくなる。爛漫というような盛りもなかった。四月に入っても寒気が引かず、それでも陽気を待ちかねて満開となった花は色もまさらず照りこぼれもせず、白く凍りついたようになった。四、五日もしてようやく晴れあがると風もない中を、木の下ばかりでなく至るところに花びらの宙に舞うのが見られたが、午後から冷い風が吹き出すと、どういうものか、落花はぱったりと尽きる。その後も落花狼藉らしいものの覚えもないままに、いつか葉桜になった。

知らぬ間に春の移りに通り越されてしまった。お天気まかせに日を送っているつもりで、我が身のことにかまけていたのだろう。それなのに、

——この春ほどに花をつくづくと眺めたことはない。

昔、故人がふっと洩らした、その声が耳に返った。秋の末に亡くなっている。しかしそんなことを今生の感慨のようにつぶやいたのは、あれこれ思い合わせるに、亡くなった年のことではなくて、それより三年も前の晩春のことだった。今年ほど草木が目に染みたこともないというようなことを日記に書き置いた文士もある。いかにも終末の予感、これが見納めになるかというような心にも読めるが、その文士の住まうあたりをふくめて広範な区域が空襲により、草も木も焼き尽されたのは、それからたしか十年あまりも先のことになる。

ある夜、夜半から冷い雨が降りしきり、気圧もさがったようで、そんな時によくあることで未明にふっと寝覚めして、あれこれ考えるともなく頭が冴えてしばらく眠れずにいたところが、翌朝の九時過ぎに電話に呼ばれ、すぐに家を出て忙がしい半日となり、疲れて戻ってくれば、前夜の九時二十五分頃とか、九州の熊本市あたりを中心に烈しい地震があったと聞かされた。平生、テレビをほとんど見ないので、それまで知らずにいた。家屋の崩壊により犠牲者も出た。住民は打ち続く余震にたまらず役所前の広場に集まり、役所の建物もあやういらしく、露天に夜を明かしたという。昼にも余震は止まず、かなりの震度のもすくなからず、その翌日になる未明の一時半頃には先にまさる激震が熊本から東へ阿蘇にかけて揺すり、山崩れもあって死者の数もはねあがった。その後も余震はゆるむことなく大分の方にまで及んで、いつ止むとも、本震はこれからとも、知れなくなった。

翌日、私の住まうあたりでは強い南風が走って雨を吹きつけ、しかしその激しさにしては上空の重い雲が妙にゆっくりと流れる。上空と地上とが緩急の境を異にするように眺められた。

震災地では四六時中、地の底からあまねく揺すられているという。生きた心地も身に付かぬことだろう。空からあまねく降る厄災とおなじく、逃げ場もない。走ればまだしも、居ながらに刻々脅かされるのは、我が身ひとつに留まるかぎり、堪え通せるものではない。我と人との境も失せかかるのがかえって救いなのかもしれない。それにくらべれば我が身ひとつにかまけていられるのは、たとえ相応の危機のあることにせよ、安閑の内のことである。

その翌々日、九州をまだ余震がしきりに揺すると伝える朝刊に目を通してから家を出て近間の病院へ、これは急のことでなく、ここ何年も医者に言われるままに三ヵ月に一度繰り返される眼の検診を受けに足を運ぶと、だいぶ待たされてから瞳孔を開く眼薬を差され、瞳孔の開きるのを待って暗室で眼に光線を入れて眼底の写真を撮られ、また待たされてようやく診察室に呼ばれ、例によって異常はないとのことで、これも手間取る支払いを済ませ、かれこれ二時間あまりもかかった末に家に帰る途々、まだ開いたままの瞳孔に晴天の午さがりの光が眩しく、頭はくらつき足はもつれ、あげくには赤味を帯びた白い乱雲が目の先に沸き返っているように感じられ、陽から逃げるようにして家にたどりついた。

遅い昼食を済ますと二時をまわり、目は遠くを見ればやや霞むようだが、眩しさはおさまってきたので、机に向かって昨夜の読みさしの本を開けば、はじめは苦しかったのが、文字を撫でるようにしていると、やがて流れにまかせてたどれるようになり、これは日頃、長年にわたって、目を徒に凝らしていたので、読み取るのも詰屈しがちであったか、といまさら悔むようにするうちに、心のほうもなにやら澄んで、読み耽けるともなく時間が経ち、気がつけば窓がだいぶ暮れている。

腰をあげて表をのぞけば、日はもう隠れて、西の空は一条の赤光を低くに余して黒い雲に覆われていたが、上空には暮れながら淡い光が渡り、東寄りの空に白い月が掛かった。上弦よりは長《た》けた月のようで、それにしても日没からまだ間もない時刻にあんなに高くまで昇るものだろうかと、錯覚ではあり得ないのにあやしんで眺めるうちに、月は夕靄をかぶったまま青く照り、つれて西からさらに押し出す雲がひときわ暗く垂れ、雨の近づきに触れて息を吐く青葉の匂いがふくらんで、いつだかどこかで、同じように明暗の不吉なように際立った光景に、目を瞠ったことがあると思った。見つめるままに底知れず重くなる体感は樹々の熅《いき》れとひとつに現《い》在《ま》に伝わったが、はるか遠くからのようでもあり、つい近年のことのようでもあり、これと思い出せることもない。何のことはなく、昼間の点眼がまだ利いていて、暗から明へ、明から暗へ視線を移すたびに、瞳孔の反応が遅れるだけのことらしい。しかし物に怯えて見つめる目の、瞳孔が開いたままになるということは、あったようだ。明るいものは異様に明るく、暗いものは異様に暗く映る。恐怖と恍惚は一体のものか。

数日後の午後には病院の手術台の上に寝かされていた。眼科ではなくて内科のほうにかかることになった。やがて脇腹に濃厚な感触の薬を塗られて、塗ったところからさわさわと、火照りが肌にひろがり、麻酔もなしにこれで済むのなら世話はない、これまで手術は幾度も受けているが手術室とはこんなところだったのか、と見まわす目はたしかだが、世話にまかせる本人が物珍らしげにしているのも不謹慎のようで目をつぶれば、瞼の内に無数の細かな、赤い花の紋様がもわもわと蠢めいて、心臓の鼓動と拍子を合わせているようで、眩暈が来そうで目をあけたりつぶったりするうちに、どこかから麻酔か催眠の薬を入れられたらしく、我に返れば病室に戻されて寝ていた。

生検と称して内臓の細胞を注射器で採って調べるための検査入院であり、以前にも一度されたこともあり、手術室まで自分の足で歩いてきたが、どうも思ったよりは大がかりになったようで、この分では何日か泊められることになりそうで気を長く持つことにして、その夜は隣りの病人の歯軋りになやまされてはもしや自分も知らずにやっているかもしれないのでと取りとめ、あれはどれだけ更けた時刻のことか、廊下の遠くで女の泣き叫ぶ声を耳にして、人の亡くなった後にしてはしめやかならず、ただ忿懣を訴えているようで、病人にしてはけたたましく、どんな事情のあることか、それにしても人は叫ぼうとしても、喉が締まって、叫びきれないものだ、と声の絶えた後もなごりに耳をやるうちにいつか眠りこみ、翌朝には意外に放免、すぐに退院とのことになった。

わずか二泊だった。近間なので来た時と同じく歩いて家に帰り、昼食は蕎麦で済ましてから、とりわけ始末をつけることもなかったので、やはり昨夜読みさしの本をひろげるほどの気持で机の前に就き、いつにかわらず暮れ方まで安穏と過ごした。検査の結果が出るまでに二十日ほどかかると言われ、ひとりで急いでも仕方なく、それに身体のほうがひそかに知っているようでもあり、考えるのはやめていた。

すっかり日常にもどった。日頃よりもさらに日常の心となった。ただ昨日という日が、すこしく遠く感じられた。

——日がだいぶ傾いたようだ。すっかり長居した。

軒を見あげて客が居ずまいをただした。荒れた中庭から日影が引いて、隅に立つ枇杷の木の、厚い葉の繁りに残っている。路地のほうで子供の遊ぶ声がする。先ほどよりも舌のよくまわるところでは、もうすこし年の行った子たちにかわったらしい。

——こころならずも閑人になってしまうと、日は永いようで、早く暮れるものだ。

客が遠くへ帰ることを主人《あるじ》は知りながら、合わせて腰を浮かそうともせず、晴れた初夏の日に、午さがりからこの時刻まで、何を話しこんでいたものやらと訝った。

戦災後の知人たちの消息をぽつりぽつりと交換するうちに、茶ばかり呑みながら、思わず時間が経ったようだ。誰それは遠い縁をたよってどこそこの辺に身を寄せているようだ、誰それはまだ郷里のほうから戻っていないらしい、誰と誰とが電車の中でぱったり顔を合わせたそうだ、とそんなことを思いあたるままに話しても、どれも何人かを間に介したことであり、今の世では噂もあてにならない。とりわけ惨憺たるものだったと言われる界隈に住んでいた知人もあり、いまだに消息らしいものも一切伝わらず、はたして逃げおおせたものかどうか。かぶせた筵《むしろ》の端をめくってのぞいては肉親を探し歩く人たちもあったというから、と主客顔を見合わせて黙り込む間もあったが、しかし考えてみれば、ここでこうして安閑と茶を呑んでいるわれわれだって、あらかたの知人にとって行方知れずのわけで、無事だったかどうか、と時折ふっと顔を思い出して案じている者もいるのだろう、と客が取りなしてたがいに息をついた。

この客も主人にとってこの春までは行方知れずだった。その住む界隈も焼き払われたと聞いていたので、同様に罹災を免れてはいまいと思っていたところが、別の知人にたまたま出会ってついでに聞けば、以前《せん》の所に居るようだよと言う。さっそく葉書を出して、こちらの寄寓先を知らせて近況を尋ねたが、いつまで経っても返事はなく、これも噂の紛れで、葉書も届ける先がなくて行方知れずになったかと思っていると、その日の午過ぎに本人が戸口に立った。こちらの顔を見るなり、おっ、無事だったか、と声を放った。

客は座に落着くと、焼け出されたほうが優先だと譲って、主人にひとしきり話させてから、朝になって家の焼跡に立ってさぞや茫然としたことだろうなとつぶやいて、俺のほうはな、と自身のことを話しはじめた。あたりに火の手があがってから逃げ出したと言う。夫婦して子供たちの手を引いて走りに走った。しかし行く手行く手に、炎が立つ。あちらこちらへ逃げ惑ったあげくに、これはもう走っても甲斐がない、助からぬものなら助からない、と子供たちには不憫だったが腹を据えて、椎の大木の下に親子してうずくまった。そのうちに上空が静まって、煤煙の立ちこめる中、夜がどこからともなく白んできた。子供たちは親の膝の上でいつか眠っている。立ち上がったのは血のように赤い日が煤煙の宙に掛って、子供が目を覚ましてからになる。

子供の手を引いて帰る道々、両側には焼跡がひろがり、我が家だけが免れたとも思えず、バラックをこしらえるか、それも駄目なら防空壕の中で何日かは雨露をしのぐにしても、その先、どこに身を寄せたものか、と妻と話しながら上り坂にかかり、疲れが急に出て足もとばかりに目を落していたせいか、だんだんに気がついたことに、前方のあらわになった崖の下に四、五軒、黒く煤けて廃屋のようにわだかまるその中に、我が家が残っているではないか。

安堵よりも先に、不吉なものを目にしたように立ちつくした。朝の光の渡る中で、黒い家々がそれぞれひとりでに炎を噴きあげるのを、いまかいまかと待つ心だった。家を走り出てから今こそ恐怖に捕った気がした。子供たちも黙り込んで、黒い家と親たちの顔とをかわるがわるにうかがっていた。やがて上の子が歓声をあげて、下の子がそれに習って跳ねまわるのを、声をひそめて制してから、これも運命かと溜息を吐かんばかりの目を妻と見かわした。

——思えば百人に一人、あるかないかの幸運だった。焼け出された君の前だが、免れるというのもこれはこれで、そらおそろしいものだ。亡くなった人も大勢なので、言えないことだけれど。

——あちらにぽつり、こちらにぽつり、焼け残った家はあったたな。羽目板まで熱風に吹きつけられて焦げているのに、火がまわっていない。信じられないことだ。たしかに、無事というのもまがまがしく見えた。さっぱり焼かれたのにくらべて、あの家々はこれからもよけいに、毎夜おそれることになると思った。

——焼野原の中に剝き出しになっても、まさか敵の目標になるほどの物ではないとは思っていたよ。そのうちに空襲がおさまって戦争も終った。ところが、昨夜のことだ。夜半から大雨になったたな。梅雨の走りか。崖の上の椎やら樫やらは火に炙られて爛れた片枝をまだ残したままに一年のうちにいっそう盛んに繁って、覆いかぶさるようになった。それが風に吹かれて、勢をました雨と一緒に、大粒の雫を屋根に叩きつける。その音に眠りを破られ、枕から頭を起こして、何も知らずに眠っている子供の顔を見た。雨烟りの中で、この家もふくめて、まわりが一斉に炎をあげる光景を思っていた。

それで朝になり、放っておいた葉書を思い出して、ここをたずねる気になったか、と主人はひそかに思った。道も境も失せた中を、意味もなくなった所番地だけをたよりに、長いこと探しあぐねたに違いない。よくも途中で諦めなかったものだ。そう言えば主人のほうも昨夜、夜半から未明にかけて幾度か、遠くから雨の音が寄せて、ひとしきり騒いでは逸れて行くのを耳にしては、誰だか消息も伝わらぬ知り人が雨を分けてたずねて来たような、近くまで来て道に迷っているような、そんな影を夢うつつに追っていた。起きあがって迎えに行こうにも、こちらも雨の中へ出てしまえば、たがいに行き違いになる。自分も葉書を出したその分だけ相手の無事を尋ねたことになり、まだ返事を待っていたらしい。

客も今になり思い合わせるところがあるらしく、庭の隅の木の下の翳りをしげしげと眺めるうちに、そこに人でも立ったような目つきになった。

——あの男な。近頃人の顔ばかり浮かぶのに名前が思い出せない。会えば爽やかに笑うのを誰かが、翳リナケレバ愁ヒナキニ似タリ、と言った、あの男は死んだそうだ。危くなった夜に、見捨てかねている家の者たちを叱りつけて落ちのびさせて、一人で二階の部屋に寝ていたという。胸がもうだいぶ悪くなっていたらしい。その夜は奇跡的にその周辺だけが無事だったが、それから何日かして夜の白らむ頃に、今夜は静かだった、明日の夜も平穏だろう、と笑って息を引き取った。

——いつまでも、笑うと童顔を残した男だったな。胸を悪くしていたとは知らなかった。そこまで思い切っていたとは、人のことはわからないものだ。しかし待てよ。その男、今でも友人たちのところをひょっこりたずねて懐かしそうに話しこんで行くと聞いたけれど。閑なのでよその焼跡を勝手に耕したら思いのほか穫れたとか、少々の野菜を手土産にして。この御時世に相も変らぬ楽天だ、と羨んでいたのもいた。

——ああ、うっかりしていた。君の知らない人間だった。記憶もついでに焼野原になったようだ。人と人との間の、見境《みさかい》がとかくつかなくなって。

——知る知らぬは、この際、ひとしなみのことではないか。街に出て人の往来にまじるとそう思うよ。赤の他人と見ても、誰が知り人だか、わかったものでない。いましがただって君の話すのを、夜明けに男が息を引き取ったと聞いた後まで、考えれば人違いだとすぐに気がつきそうなものを、知った顔を浮かべていたものね。君が俺の知った人間と思って話せば、俺も知った心になる。

——知るも知らぬも、逢坂の関か。自分自身のことさえ、何者だか、あやしいようになることがあるからな。さしあたりは無事平穏の中、居ながらに過去の衆生になったような。そうは言っても妻子もあれば買出しにも行かなくてはならない。芋を背負った亡者もないものだ。いや、亡者のほうが元気か。

二人して笑った。あたりの耳を憚って声をひそめながらいつまでも笑っていた。風が出てきたな、と客がやがてまた庭へ目をやり、あらためて居ずまいをただした。そのようだな、暮れ方から吹き癖がついたようだ、今夜も雨か、と主人は受けたが、庭には塵ひとつ動かず、ただ静まり返った地面の底から大勢の、声にならぬ声がいましがたの笑いを返して、帰る客が坂道をたどる頃にも、送った主人がとうに部屋を立った後までも、土にこもって夜へ向かうかと眺めるうちに、客がたずねた。

——どれだけ経った。

——五時はとうにまわっているようだ。軒の翳りからすると。

——ひさしぶりに話しこんだ。

——焼跡でぱったり顔を合わせた者どうしが、逃げて来たその足で立ったきり時も忘れて話しこんでいたようなものだ。

——それでも年月は経つな。

——そろそろ一年になるか。足掛け二年と数えたほうが実感はあるな。短いようで長かった。

——これは昔の今日ではないのか。

——今日はこれっきりの今日だよ。明日も明けるものなら明けるまでだ。

——夜な夜な死んでいるような気がしないでもない。

——寝ているうちに何年も経っているのかもしれないな。起きれば今日というだけで。

——知らないのか。子供たちもそこそこの年になっているのを。

そんな客が家にあった記憶はない。子供であった私がひとりで客に対していたわけもない。父親の姿も見えない。客も主人も今の私よりも年下の、まだ青年の面影を遺した中年男である。その家もその軒も庭も、私の知らぬ所だ。それなのに、客が帰って主人も立った跡の、誰もいない、物陰からのぞく子供もいない、部屋のひとりで暮れていくのが見えて、客が暗くなった坂道をのぼって行く。

その坂道には見覚えのあるような気がする。わずかに思いあたるところではひと頃、五十の前後にわたったか、古い寺町を足にまかせて歩くことがあった。山にかかり坂の多い界隈である。その坂を上り下り、寺と墓地を塀や石垣越しにただ眺めては通り過ぎる。古寺探訪のようなつもりはもとよりなかった。柄にもない。その辺の寺に入った縁者など、大正の末の東京移住者の二代目になる身には、ありもしない。ただ、折しも不動産景気が熱して、それまでわずかに余された古い界隈が、来て見るたびに、取り壊されて建てかわる時期にあたっていたので、寺はともかく坂の上へ枝を差し掛ける古木は見納めになるかとそのつど惜んで、私としてはまめに足を運んだ。自身、場所こそ違うが、やはり寺と坂の多い界隈に、敗戦直後の一時期、暮らした者でもある。

ある日、坂をまたのぼれば、行くにつれて道が狭まり、昔の切通しのなごりかと思われるところへかかり、梅雨の走りの暮れ方のことで、道の両側から椎らしい枝が鬱蒼と差しかわし、上空にはさらに黒い雨雲が押し出しながら、どこかに夕映えが渡っているらしく、路上には夜の白むような、明るさが漂っている。その明暗の妙に際立ちあうのをあやしむうちににわかに底知れぬ疲れを覚えて、足はよろけをふくみ、一歩ずつ堪えて踏みしめながら、うつむいて隘路に入っていく客の背中ばかりが内に見えた。坂上にようやく立って息を吐き、ここはどこだ、今はいつだ、としばし迷った。

それから二年ほどもして十代の少年期以来の大病に罹ることになり、足はまだどこまでも歩けそうに強かったがすでに心身の変調の、危機の兆しをそれとなく感じていたのかもしれない。しかし暮れの坂道を帰って行った客の後姿と重なるにしては、あの切通しのようなところから前方に焼野原が見渡せるわけもなく、それにあの一帯はおおむね戦災を免れている。あるいは別の時の記憶が混じったか。

知人の通夜の斎場へ向かう道に迷ったことがある。春先の雨もよいの暮れ方のことだった。還暦をとうに越した頃のことになる。案内の通りに私鉄を乗り継いで行けば世話もなく行けるところなのに、いったん都心のほうへ入ってからまた郊外へ出るのが迂遠に思われて、東西に走る二つの沿線のかなり近づくあたりの駅で降りたのが間違いだった。区分地図をよくよく見てのことだったが、その地図もそんなに古いものではないのに時代の開発に越されてしまったようで、まず駅前の商店街から奥へ入る角の、目印の建物が見つからない。しばらくうろついた末に方角をたよりに、それと思われる角を折れて家並みを抜け、行きあたりから左へ折れて、高台を巻いてゆるくのぼる坂に入った時には、正しい道を探りあてたと思った。ところがいくら行っても、地図では紛れようもない三叉路、斎場までゆるくくねりながらひとすじに続くはずの路の、辻が現われない。人は迷うと、来たこともないところの、あるはずもない見覚えをあながちに求めるものらしい。いたずらに行ったり来たり、半端に上ったり下ったりするうちに、すっかり方角を見失った。

立ち停まると俄に夜になった。黒い雲が低く垂れて、細い雨が落ちてきた。それほどのぼった覚えもないのに、駅前の街の灯が足下の遠くに霞んで見える。もう片側を見あげれば、かなり建て込んでいたはずの高台が暗く繁る山に還り、木の間から灯がちらちらと顫えてのぞく。風も渡るようでその山の上のほうからなにやら、何人もの低く笑うとも咽び泣くともつかぬざわめきが伝わり、風の音か耳のせいかと目をやれば、繁みの間に落葉樹の大木が、先端を断たれて捩れた枯枝をわなわなと、天へ摑みかからんばかりに伸べる。その影があたりの暗さの中で白く浮き立ち、すでに火に炙られて立ち枯れた樹の、最後の悶えの、過ぎ去らぬ跡に見えてきた。頭上の雲は黒さのあまり赤味を帯びて感じられ、今日は十万人もの人間が一夜の内に焼き殺された、三月十日だった、と思い出した。

しかし同じ三月十日でも、あの本所深川方面の大空襲は九日の夜半から十日の未明にかけてのことである。十日のこの時刻には見渡すかぎり無惨な焼跡が、おそらく至るところに遺体を隠したまま、これだけは平生に変わらず、夜へ沈んでいく頃になる。都内の遠い空まで赤く染まったほどの大炎上だったので、今頃は煤煙まじりの雨が降っていたかもしれない。あれ以来、当地の凄惨なありさまは日を追って、私の住まう西南部まで噂となって伝わり、それにつれて人の了見も変わり、隣組一致団結して防空にあたるなどいう考えも失せて、とにかく命あっての物種、危険がすこしでも迫ったら取り敢えず家を捨てて逃げることだとささやきあうようになり、その間に道路端の家屋の取り壊わしもすすみ、五月二十四日の未明に私の住まう一帯も炎上した時には、人の逃げ足もよほど速くなった。しかし私のところでは女子供三人、家に被弾を見るまで防空壕の底にうずくまっていたので、壕を飛び出して坂道を駆け下る時には、両側の家々は火を内にふくんで、白煙の立ちこめる路上には人影も見えず、大通りへ走り抜けたのは、あたりが一斉に炎上する直前の、間一髪の差であったようだ。

還暦も過ぎた今では五十年あまりも昔のことながら、三月十日という日付は、自身の罹災した五月二十四日にもまして、内に刻みこまれている。この夜半過ぎにも上空に重い唸りのこもるようなのを感じて、年々、遠い親類の命日をいまさら数えているようなものだと呆れるうちに、あるいは満で八歳にもならぬ子供の、命日を憫れんでいるのではないか、と奇妙なことを考えた。たしかに三月十日の、子供たちもふくめて無数の犠牲者の凄惨な最期の噂が伝わっていなかったなら、あの子は逃げ遅れて火煙に巻きこまれていたところだったか。

死んでいたかも知れぬ子供の年を数えるようなことまでしながら暮れ方にはこの日のこともすっかり忘れて、人の通夜へ向かうのに来たこともない道をわざわざたどり、山の中へ迷いこむとは畏れも知らぬことに思われ、いてもならぬところにいるような気までして、取りあえず駅まで引き返し電車を乗り継いで行くよりほかにないと分別したが、それはそれでまたあれこれ時間がかかり、間に合うかどうか、通夜のひける頃に遅れて現われる客は遠くから雨露に濡れてたどりついた姿に見えていけないとまだ迷ううちに、空車が坂をのぼって通りかかり、こんなところで気味悪がられはしないかとおそれておずおずと手をあげると、すこし通り過ぎてから停まってくれた。乗り込むや、斎場までとひと言に告げて、行き迷っていたくせにその声の有無を言わせぬ太さに自分で驚いた。

運転手はこちらの服装から通夜の客とすぐに見分けたようであっさり車を出すと、またひとしきり胸突きのように感じられる坂道を押し上げながら、今夜は何か変な事でもあったのかねえ、と相手を待ちかねていたように話しかけてきた。ここら一帯、あちらこちらの暗がりに、警官が立ってますよ、一斉取締りの日でもないはずなんだが、と首をかしげる。なるほど、坂をのぼりきってまっすぐの大通りに出ると、道路の両側に等間隔を置いて、街灯と街灯の中間あたりにそれぞれ警官が立って、通る車に鋭い目をやっている。非常線という言葉がとっさに浮かんだが大げさに思われて、緊急手配ですかね、凶悪犯が逃走中とかと私が受けると、そんな情報は伝わっていないけれど、世の中、いつなんどき、何が起こるか、知れないからね、しかしこう見張られているとこちらも後暗いような気持になるから不思議なものだ、と運転手はつぶやいて後は黙って車を走らせた。後部の座席に坐っている男が逃走中の犯人だとしたら、と私はひそかに思った。あらぬとこへ迷いこんでいた自分こそ後暗い者に感じられた。さらにかなり走って、こんな距離をこの足で歩こうとしていたのかと空恐ろしいように思いはじめた頃、ほら、先のほうに見えてきた林、あの辺が斎場ですよ、と運転手は教えた。それにしても変な方から来られたもんですねと言った。

弔問客のまだぼつぼつとやって来る時刻に間に合った。死者《ほとけ》は仕事の関係の人であり、知り合ってからは長くなるが、個人的な行き来はすくなかったので、焼香を済ますと潔めの席のほうは遠慮して帰ることにした。たまたま一緒になった知人と最寄りの駅へ向かう道々、故人は五十を過ぎるまで独身だったと聞かされた。そんなことも知らずにいたものだ。いつのまにか地下に入っていた駅から都心に出て、そこからまた西へ引き返し、暮れ方に降りてしまった駅もちらりと目をやっただけで通り過ぎ、住まいの最寄りの駅からまた二十分ほども夜道を歩いて家に着いた。

その夜は早目に床に就いたが、未明の深くに、天に低い呻きがこもり、今の今まで歩き続けていたような饑《ひだる》さに膝が苦しんで、夜の白みかけるまで、身悶えるようにしていた。

——孤帆一片日邊來
　孤帆一片日辺《じっぺん》より来《きた》る

李白の詩の光景が念頭にひろがって、静寂がきわまり、早朝に目を覚ました。そんな大流をはるかに見渡したことはない。湖辺や海辺に暮らしたこともない。病院に逗留中の身である。すぐ近くを幹線道路が通り、やや離れたところには環状線が走り、立体交差もあり、夜明けにも騒音は絶えない。起床の時刻にまだ間があり、窓の幕も閉ざされたままなので、表は晴れか曇りか、空の様子もわからない。

李白の詩では西から流れて来る長江を眺望しているはずであり、日辺とは落日の水平線のことになるのだろうが、病人の朝のことで、方角は逆になり、払暁の水平に一片あらわれた帆を浮べていた。眺めるにつれてはてしもない水が、ひらたく寝る身体を透《とお》して明けてくる。

昨夜はよほど深く眠ったか。いや、そんなことはなかった。病室でぶっとおしに眠ることは、これまでの入院でも私にはない。かわりに、一夜まんじりともせずに過ごして夜の白む頃にようやく眠りこむということもない。五十代の初めの入院の際には身じろぎもほとんどかなわぬ拘禁の夜の寝覚めは苦界そのものに感じられたが、その後、五年から十年置きに繰り返された、それぞれ別の故障での入院では、年を取るにつれて、寝覚めと眠りとの境がよほどさだかではなくなり、眠ろうと眠れまいと、明日は気を詰めて為る仕事もないのだから、とやりすごすようになった。都市に住むからにはどこに居ようと騒音は避けられない。病院の建物の内にも耳を鋭くすればさまざまな器械の音がこもって時に共鳴する。

それにしても昨夜はとりわけやかましかった。夜半をまわる頃だったか、時計を見るのも面倒なのでわからない。一度寝覚めかけたのが眠りかかると、近くの部屋から女の金切り声があがった。人がすぐに駆けつけたようで、子供のように訴える声とそれを宥める声とがかわるがわるにしばらく続いて、そこはおさまったが、まるでその静まった後を待ち受けたように、別の部屋から男が呻き出した。怒鳴りそうになっては声を詰めて、間を置いては繰り返す。切羽づまった呻きにしてはどこかわざとらしく、馴れたところがあり、人の気を引こうとしているらしい。看護のほうも今夜は手不足なのか、いちいち構っていればキリもないとそれまでに懲りているのか動かない。だいぶしてから、頃合いというものがあるようで、人が来て何かの処置をほどこした様子で、呻きはおさまってよほど低い声の独り言に変わり、同じことを同じ調子で繰り返しつぶやいて際限もなさそうになったが、よく聞けば声の質が最前《さっき》とは違う。別の部屋の別の男の声のようだった。おのずと声をひそめたつぶやきの切れ目ごとに、まわりに媚るような、それでいてからむような、厭な節まわしをふくむ。

どれも年寄りの声だった。十日ほど前に入院したその夜から、女の叫ぶのも男の呻くのも廊下の遠くに耳にしていた。いや、ひと月ばかり前に検査のために二泊だけ入院した時にも聞こえていた。それが昨夜になり、初めて間近から伝わってきたのは、その間に女のほうはあまり騒がなくなり、男のほうも夜中に呻くことがすくなくなったので奥まった治療室から近くの個室へ移されたせいか。それとも手術後の私の心身が自分ではそうも感じていなかったがよほど衰弱していて、夜々声が立つのを耳にしながら、かすかにうなされる程度で眠っていたか。とにかく女の叫びと男の呻きには、今になり間近から苦しめられても、耳馴れていた。それにひきかえもうひとりの男の際限もなさそうなつぶやきはその夜初めてそれと聞き分けた。それなのに気がつけば、初めて耳に留めたようでもない。すでに先刻から、あるいは幾夜も耳にしながら、呻き疲れた男の、なごりの繰り言と聞いていたらしい。しかしすべてが止んであたりが静まると、そのつぶやきの影ばかりが遺《のこ》り、自棄のついでに人をなぶる、小心ながらにおどけて唄うような節まわしこそ、女の叫びよりも男の呻きよりも執念《しゅうね》く、もしもつぶやきつのるならその嘲弄があちこちの病人たちの、寝覚めていっそ呻きたい叫びたいのを堪《こら》えるその沈黙の底を揺すり、おもむろに根気をほどいて、まず低い呻きから叫びを誘い出し、大勢の声にはならぬ声となって夜を渡らせるのではないか。

夜猿の叫びほどにひたむきではないが、これもおもむろな断腸か、とそんなことを思った。奇しくでもないが、五月の二十四日の未明になる、とやがて数えた。あの夜は敵機の編隊の爆音が頭上を低く掠めながら、まだあたりに火の手はあがらず、地上の静まり返るその間、あちこちから犬の遠吠えが長く立った。恐怖に繰り返し襲われる人の内臓はおのずと血を滲ませるとも聞いた。

その明け方に、天際に一片の帆を見る心地で目を覚ましたことになる。夜の空のひそかに騒ぐようなのに耳をやっていたのがいつのまにか眠りこんで、短い時間ながら思いのほかの熟睡であったようで、心身ともに昨日までと変わって爽やかで、それこそはるばるとひろがる水に浮かんでいる心地だった。手術からまだ一週間なのに、これは何だろうか、とあやしんだ。淡い恍惚感に、衰弱感がひとつになっている。恢復期にそんな境のあることは、これまでの入院から知っている。人からも聞いた。人によってはわけのわからぬ熱を出すこともあるという。その後も紆余曲折はあり、一時は病症がさらに重りもしたが、後から振り返れば、あの浮かされるばかりで苦しみも淡かった発熱こそ快方へ向かう境目だったように思われると話した人もある。

おそらく病体がひとたび、何らかの平衡に入ったのだろう。平衡はしばし虚を、無苦無痛の虚を生じさせる。虚は一個の心身を超えてひろがる。ひさしく思い出しもしなかった詩の、大流の光景がひとりでに浮かんで、日辺に孤帆があらわれたのもそのせいか。しかし平衡はどう傾くかしれない。あれがいよいよ末期へ入る前の、安息の日だったと、後に思い返すことになるということもあるだろう。

——どうだね、今日は。

——相も変わらず、良くも悪くもならないな。

——それは結構なことだよ、おたがいに。

その日はもっぱら天井を眺めて過ごした。それまでは足萎えになるまいとつとめて廊下をゆるゆると歩きまわるようにしていたが、三度の食事の時と手洗の用のほかは起き上がるのも無用の手間に感じられた。退屈もしない。まどろんでは覚めて天井を見れば時刻の移りもおおよそ知れた。ここも馴れたか、何事にも馴れるものだと感心した。夜にはまた叫びと呻きとつぶやきに眠りを乱され、一段と騒がしいようだったが、覚めきるまでにはならず、なにやら山間の雨の空を仰いで、郭公《ほととぎす》でも鳴き出す頃合いだなと耳をやるようにして眠りこんだ。これまでの入院の夜と、もっぱら仰向けを強いられた苦もあり、俯きを強いられたこともあったが、ひとつづきの眠りに感じられた。翌々日の退院となった。

この老齢の病いであるから、快癒しての退院ではない。退院してしまえばこちらのものだと思えるのは壮年の内のことである。それでも病衣を平生の服に着換えて靴まではくと背筋が通り、足もとも定まり、エレヴェーターで階下に降り、外来の待合室へ抜けた。そこに集まるのも大方は病人のはずでも、病棟の内にくらべれば、すでに「娑婆」に属する。その雰囲気にけおされることもなかった。ところが家の者に支払いをまかせて、椅子に腰掛けて待っていたのが、手続きがすべて済んだので立ち上がろうとすると膝に力が入らず、腰をにわかに浮かせられない。十日間の病院暮らしの、馴れぬベッドの寝起きに足腰を傷めたらしい。手を借りてようやく立ちあがり、腰が伸びると、足がまっすぐに運べるようなので、天気も良し、家まで歩いて帰ることにしたが、十分足らずの道が行くほどに遠くなる。あげくにはヨタヨタの歩みになり、向かいから来る人々の足の速さに呆れながら、その達者な足取りにも先々の老いの不如意がそれぞれにひそんでいるようなのを見ていた。

家にやっとたどりついて、テラスに出した椅子にへたりこむと、目の前に枝をひろげる樹の、青葉が一枚ずつちらちらと顫えて、風と光の細かな波の寄せるのに、身体を通り抜けられるままにまかせていた。日辺の孤帆の眺めにくらべればつましいながらこれも至福の内か、この爽《さわ》やぎにつぎにめぐりあうのはいつの期だろうと思った。

夜には深く眠った。静かだった。病院で眠れなかったわけでない。夜半にしばらく乱されても昼間にはのべつまどろんでいた。ここの住まいも表の騒音からすっかりは遮断されてはいない。それなのに寝入り際に内外の静まりがなにやら質感を帯びて、水のように耳から流れこんで、そのまま眠りにつながる。早く床に就くので夜半に寝覚めることもあるが、ひきつづき熟睡感につつまれて、耳を澄ませばいっそう深い静まりが耳に染みてくる。いましがたひと声、夜の鳥の叫びが天にあがり、人のよくよく知っていながら気がつかぬ大事を告げた、その後の静まりのようにも感じられて、ひとりたまたま聞いたからには、足腰は弱っていてもすぐ起き出して、吉凶のことは知らず、とにかく報らせに走らなくてはならない、ひろい川を渡って、とそんなことを思いながら、いやいや、毎夜のように聞き取っていながら人に報らせても取り返しがつかないので黙っている人もあちこちにいることだろうから、と安易な気持になり、また眠りこむ。

こんなに深く眠るのは、あたり一帯焼き払われたその翌朝、ひさしぶりに晴れ渡ったあの初夏の日、焼跡でひとしきり無心に遊んだ後で、無事だった防空壕に入って日の暮れまで、これからさらに恐い目に遭うとも知らず昏々と眠った、あれ以来のことか。

その日暮らし

猛暑の訪れた日の正午に、見舞いの手紙が外国の知人から届いた。一週間ばかり前の私の留守宅に当地から電話をかけてきて、私が再度の手術入院中である旨を、家の者からやや仔細に聞かされたようで、二つ折れの絵葉書様の、聖母像の写真が同封され、それとは別紙に簡素な見舞いの文がしたためられていた。

――八百年この方、この聖母はオーヴェルニュの山中で、巡礼者たちに微笑みかけています。オーヴェルニュと言えば、聖者たちの山であり、そしてまた狂躁の者たちの山でもあります！この甘美な笑みを、御回復への祈願をこめて贈ります。

訳しくだせばそんなところになる。若い頃の私の「山躁賦」を掠めて触れているということは読めたが、はて、オーヴェルニュとは、と病後めっきり回りの悪くなった頭をしばしひねってから、ようやく思い出した。いまから十五、六年も前のことになるか、フランスの国内便の上空から、低山ながら峨々たる風貌の連山を、あのどのあたりがオーヴェルニュになるのか、とつくづく見おろしていたところでは、つとに関心を寄せていた土地であった。それよりさらに二十年も昔のこと、人の運転する車でフランスを南下する途中で、右手の遠からぬあたりに丘陵のつらなるのが見えて、山上に聖堂や宮殿がありそうで、行ってみたいと惹かれながら、日程のことを考えると遠慮されて、黙って通り過ぎた。近づきながら寄りそびれて、そのままに終った土地のひとつである。

ケルトのなごりを今に伝える山地と聞いていた。土地の言葉にはケルト語から由来すると見られるなまりがあるという。そう言えば、これも十何年も前に、さる音楽会でたしかオーヴェルニュ地方の民謡の歌われるのを聞いたことがあり、プログラムにその歌詞が原語で紹介されていたが、その語彙の多くが類推を逞しくしても読み取れず、それでいながら惹きこまれるようになり、こうしてなかば知れぬ言葉をたどるのもなかなか魅惑のあることだ、と感嘆して歌の始まるのを待った。三十代の初めには、難解な飜訳に日夜苦心していた時期があった。正確さに細心つとめてはいたが、原文の節々、とりわけ上昇する文章が頂点をまわるあたりで、訳す者は昏迷の境に入り、進退谷《きわ》まり、そこまで原文の流れに運ばれてきた勢に、その半解の魅惑にまかせて乗り越えたものだ。今日の見舞いの人も私の「山躁賦」の訳者であった。しかし私自身こそ、飜訳でなくても、書きながら読み、読みながら書く者であり、節々で自身半解の文に立ちつくし、よろけかかるままに前へ踏み出す。さらに迷いこむ。原典というものがないので、どこから来てどこへ行くか、知れない。まして老齢に深く入って病んだからには、生涯いずれ病後あるいは病中にほかならず、見るものがいちいち謎めいてくるのかもしれない。立ち居もまたそのつど初心めいて、歩きそめた子供とさほど隔たりもない。

見舞いの写真に見える聖母の木彫の坐像は十二世紀なかばの由来とされ、穏やかな胸のふくらみと、衣の裾の襞のこまやかさのほかは、おしなべて朴訥な彫りになり、膝に抱く幼児《おさなご》も取ってつけたように見えるが、柔和な顔の造形はよほど彫りが深く、口もとの笑みもアルカイックというよりもはっきりと浮き出ている。疲労困憊の末に宿所の僧院か聖堂にたどりついた巡礼者たちを迎えるには、このような紛れもない笑みでなくてはならない。しかしもしも私の入院中の、手術の直後にこの聖母像が病室に届いていたとしたら、ベッドに仰臥したままこの聖母の笑みをしばらく見つめては手が疲れて脇へ置き、うつらとしてから、はて微笑んでいたかどうか、思い出せなくなってまた手に取り、そんなことを繰り返していたかもしれない。体力が掠れると、手指の握力が弱って物を取り落としがちになるように、目のほうも保持する力が衰えて、見たものを見たままに留めにくくなる。その傾きは今でも遺《のこ》り、写真をひとしきり眺めて脇へ置いてから、あの聖母像はじつは森厳な顔つきをしているのであって、口もとの笑みもよくよく人が仰いだ末でないとふくらみはしないのではないか、とうしろめたさを覚える。やや斜めから写された像を、正面からまともに仰いでいたつもりになっている。

いや、これはもっと若い頃から持ち越された、旅先で聖像の前に立った時の昏迷、病いみたいなものだった。初めから及び腰で立つ。苦行のように感じられる。どこぞのカフェに落着いてワインでも嘗めていればよさそうなものを、なぜわざわざこんなところに来ているのだろう、と悔みもする。しかし及び腰のために、かえってつなぎ止められる。

おもむろな逃げ足に似た私の歩みを停める聖像はおしなべて、森厳な瞑想の面相を保っている。いましがた人間の罪業をひろく、これを限りに見渡した末に、瞼を半眼におろして、何百年もの瞑想に入ったところに見える。その目もと口もとにはしかしほのかな笑みの影がふくまれるようで、おさめた名残りとも、これからひらく兆しともつかない。どちらにしても何百年のことだとしたら、たかが百年にも足りぬ人間がその笑みの消長を感じ取ろうとして刻々と見つめては生身がもたない。疲れ果てたあげくに変なものを見るようになる前に、謝《あやま》って退散するに如くはない。実際に思わず長いこと立っていたようで、足腰がこわばっている。

ところがそう分別して、足音を忍ばせて遠ざかるにつれ、背後で笑みがふくらむ。あやしんで振り返れば、薄明の中から横顔を向けた頭《かしら》はいよいよ厳しい沈黙を結んで、険しいようにすら見える。私のような者のいてはならぬところにいたように悪びれて、ひそめたままに足を速め、何もない継《つな》ぎの部屋へ抜けて、のがれてきた者の安堵からかあたりが静まり、高窓の外に時雨の走るざわめきを感じて、これで酒が呑めると息をついたそのとたんに、人のいなくなった展示室の中で、聖像の笑みがさらにふくらんで、森厳な面相が破れて、聖像から聖像へ、声にならぬ哄笑が交わされ、天井に渦巻く……。

わずかな間の幻想だった。幻想ながら、声にならぬ哄笑の渦にはすくみこみそうになった。我に返れば、何事もない周囲が索漠と感じられた。幾代にもわたり人の世のありさまを眺めてきた半眼の内には、救いからもいざとなれば逃げようとする衆生への憐憫のあまりの、哄笑をもふくむのは道理のことか、とわずかに頭の隅で思ったがすぐに振り捨てて、その場を大股で立ち去った。去ったきりになった。

神々の哄笑とは私の想像の及ぶところでない。哄笑は憐憫のきわまれるものなのかもしれないのだが。


ある日のこと、まだ梅雨明けとも聞いていないのに夏の盛りの陽が照りつけ、それにしては湿気が重くのしかかり、息苦しいようなのをあやしんでいると、午後から曇って、三時過ぎにはあたりが暗くなり、やがて遠くで雷鳴がして、冷たい風が窓から吹きこんで、刻々とつのるような圧迫はやはり夕立の来る予兆だったかと空の破れるのを待ったが、そのまま曖昧に雷も風もおさまり、雨も落ちずに終った。空の暗さは変わらず、こんな日には頭から脚まで血の滞りがちになるのをほぐすために散歩に出ることにして、まだ雨もよいのようだが傘も面倒で持たずに、近間の並木路まで足を運べばいつもより早くたそがれかけ、人もまれにしか通らず、左右からいっそう鬱蒼と繁りかわす樹の下をひとりで行ったり来たりしていると、頭上から蜩《ひぐらし》が、カナカナが鳴く。こちらに用ありげに、伝えることがありげに、しきりに鳴く。

今年初めて蟬の声を聞いたのはつい一昨日のやはりこの並木路でだった。油蟬がもう暮れかかる頃になり半端な声を立てた。長くも鳴いていなかった。昨日はミンミン蟬がもう名乗り出た。私の子供の頃には梅雨明けの頃にまずアブラ、夏の盛りにかかるとミンミン、夏が傾くとツクヅク法師、秋風が立てばカナカナと、順序が定まっていたが、近年ではツクヅク法師は別として、アブラもミンミンもカナカナもほとんど同時に鳴き出す。それでもカナカナの声を耳にすれば、秋風とともに郷愁のようなものを覚えさせられる。私と同じ年配の男からも同じようなことを聞いたことがある。帰るところもない郷愁だと言う。私と同様に、生まれた土地を戦災で焼き払われた男だった。

それに加えて、私にはカナカナの声に妙なものを想う癖がある。カナカナの鳴き出しにオハグロ、オハグロトンボ、日陰の水辺をゆらゆらと飛ぶ黒い異形の蜻蛉を連想する。蜩が蟬であることは幼い頃から知っていた。声ばかりして姿を見せない蟬だが、蟬取りの上手な子から貴重な獲物として見せられた。地に落ちた死骸を拾って、ツクヅク法師に似てそれよりも妖しい色合いに惹かれ、小箱にしばらくしまっておいたこともある。なにやらあやうい臭いもして、女の着物をおさめた簞笥の内を想った。

オハグロのほうは敗戦の夏に、再三の空襲に遭った末に落ち延びた母親の郷里の、実家の中庭の池に日足が傾いて翳ると現われるのを、縁側にひとりしゃがみこんで眺めた。黒繻子《くろしゅす》でこしらえたような細長い胴を尻さがりにして、蜻蛉には似つかぬ柔らかな、これも黒い翅をはたはたと慄わせ、やや高く宙にあがったかと思うと、おのれの重さを支えかねたように、水際の石の上に降りる。こんな長閑な光景がここでは小都市にまで戦災の迫る間も日々に繰り返されていたか、と目の前にいくら見ても、信じられぬ気がした。この世のこととも思われぬことでもあった。戦災の犠牲者、死者たちのまだ近かった頃であった。子供自身も病み衰えた年寄りに似ていた。

いくら異形のオハグロでも、子供が惹きこまれて見つめていたにしても、蜻蛉の鳴いたような記憶を遺すわけがない。ゆらゆらと宙に迷うような飛び方に、声にならぬ嗚咽を聞く気分になったことはあったか。嗚咽と言えばあれは戦後に入って間もない、梅雨の明けるか明けぬかの頃に、小雨の中でたそがれかけた樹からいきなり、蜩が鳴き出して、季節はずれの事に驚きもしたが、その声が一瞬、女人が思わず嗚咽を洩したかのように聞こえた。わずか一声で止んで、あとの静まりに、不吉な予兆の気分がしたものだ。戦争がまたこの国にまで及ぶのではないかと人のおそれていた時期ではあった。蜩の鳴き出しはたしかに、思い余った嗚咽に聞こえないでもない。しかし今日の、この暮れの蜩はこれもたった一匹のようだが、やや間を置いてはしきりに、甲高いように鳴いて、嗚咽というよりはむしろ、あれから七十年近くもおおむね安閑と暮らしてきた末に今では杖を引いて樹の下をよたよたと行きつ戻りつする年寄りを笑っているように聞こえる。笑いもまた節々で、嗚咽へ通じる音色をふくむ。

杖に頼る身になっていた。いずれそんなことになるだろうとは早くから思っていた。戦争中の、まだ本格の空襲が本土に及ばなかった頃、日曜日の朝の散歩の道で、先に行く私を父親が後から見ていて、戦争が終ったら、この子の脚を病院にかかってなおさなくてはならんな、とつぶやいた。かなりひどい内股の子だった。戦争の終結を大人たちはその程度の事に考えていたのか、と後年になって思った。やがてそれどころでない戦乱に巻きこまれることになり、曲がったままの脚で火煙の中を走った。よく駆けた。親の手に引きずられるようなこともなかった。戦争が終っても、医者よ病院よと気やすくかかる世の中ではなかった。

自分の脚が人並みではないのを感じて自分でなおしにかかったのは中学生になる頃だった。

何かにつけて走るように心がけた。そのうちに足は速くなり、体質も変わった。それ以来、青年期を通してよく歩いた。閑な時にひとりで歩き出すとどこまでも歩いた。歩くということは、金がないということでもあった。中年期を通しても健脚だった。ところが五十代のなかばにかかり、にわかにと感じられるほどの短期間の内に、歩行が困難になり、病院にかかると頸椎の狭窄と診断され、手術を受けることになった。まっすぐに立って歩くことは、じつは綱渡りにもおとらずむずかしい業だ、と思い知らされるところまで行った。

あの時には五十日ばかりの入院の後、家にもどり、しばらくは日常尋常の暮らしの万端に不如意を覚えさせられたが、三ヵ月ほどもすると、家の近所を走るようになった。若い者の歩いているのにも追い越されるほどだったのが、やがて足腰が定まり、一年と経たぬうちには毎日のように暮れ方に、かなりの距離を楽にこなすようになった。冬場には途中から夜になり、寒風をさほど苦にもせず走りながら、病院の夜の寝覚めに、もしもこの手術が不首尾に終ったら、この身体のまま、それでもあちらこちら病院をたずねてまわるうちに老けこんでいくことになるのだろう、とそんな我身の姿が生まれつきの因果のように目に浮かんだことを思い出して、こうして走っているのも同じことか、起こったことは過ぎ去らない、と考えたりした。

暮れ方に走る習慣が初老期から十年あまりも続いたものだ。季節による日没の時刻も方角も心得るようになった。七十の坂にかかり、脚がようやく重いようになり、酒に酔うとよろけて倒れそうになることもあり、病院にかかると頸椎がまた狭窄を来たしていると診断され、十六年を隔てて手術を受けることになった。十六年前ほどの重症ではなく、その間に医療の技術もよほど進んで、昔は半月あまりも続いた固定安静が今では三日で済むと聞かされたこともあり、十六年も経ったことだから、とあっさり受け容れた。しかも不思議なことに、歩行から立居までが苦しくなるにつれて、全身も弱ってきているのに、その衰弱感がどうかするとほのぼのと、快癒感に紛らわしくなる。

そして家の内の、変哲もない日常の空間が、間取りやら家具の位置やらが、妙にくっきりと目に映る。そこに移る一日の光と陰とがすでに懐かしいように感じられる。この空間も時間も所詮、いつ失せるとも知れぬはかないものであるにしても、眺める自分にくらべればはるかに永遠らしい相を見せる。むずかしい手術でもなさそうだがこちらの年が年だけにどんなことが起こるかもしれないので、自分の居なくなった空間を、居ながらに眺めているのか、と思いもしたが、快癒感は失せなかった。病んだ年寄りには衰弱と快癒とが、下降と上昇とが、ひとつに交わる境があるものらしい。

十六年昔の苦の、くらべればよほど楽になった影を慎重に踏んで半月ばかりの入院の後、家に帰ってきた。家での床上げも早々に済ませて、夏の午前の炎天下へ足馴らしに出るようになった。それ以来また十年近く、毎日、午前と暮れ方にそれぞれ一時間あまりも歩くことを欠かさずに来た。夜の街へ出ることも避けなかった。歩みはめっきり遅くなったが不自由というほどでもない。しかし一歩ずつ、ことさらにしっかりと踏みしめる足にそのつど、かすかな蹌踉《よろけ》がふくまれる。すっかり良くなることはないと心得た。頸椎にはおそらくこれ以上、手の加えようもない。

そうこうするうちに今から四年前の春から初夏にかけて、ひさしく間遠になっていた不眠がまた現われ、眠れぬ夜がいつまでも続き、白々明けの頃にはただ固く痼《しこ》って物も思えなくなった頭の内に、昔聞き馴れた流行歌が甲高い声で際限もないように繰り返され、老年の不眠にはありそうなことだがそれにしてもなぜ、とりわけ思い出もないこの一曲なのかと訝っていると、ある日の新聞に、その曲を唄った歌手の訃音が伝えられ、自分よりもはるかに若い人かと思っていたら似たり寄ったりの年配だったと知らされた。とそんなこともあり、予兆でもなかったろうに、その梅雨時と晩秋と二度にわたって、内臓の手術を受けることになった。

病院に通うようになった頃には不眠癖もさっぱり跡を絶っていた。手術は一度目は内視鏡により、それでは済まずに二度目は開腹になったが、どちらも手術後の苦痛はなく、翌朝に安静を解かれると、点滴を引きずって院内を歩きまわった。入院も長びかずに済んだ。初めの退院の十日ほど後の外来の折りに、悪いものが出たと知らされたその帰り道でも、急を要することでもないようで、涯《はて》の目安のおおよそついたことにむしろ安堵した気分から、梅雨間の晴天の正午に、かるがると足を運んで家に帰ってきた。三十代の初めに、昨夜息を引き取った母親を、朝までひとりで夜伽ぎをしてから病院にひとまずあずけて、一時間ばかり家で眠るために、春先の陽を背に浴びて帰ったのと同じ道、建物こそすっかり改まったが同じ病院になる。

二度目の退院は十一月にかかり、あの年の秋は晩くまで妙に暖くて、よれよれの浴衣にカーディガンをはおるだけの恰好が自堕落で心地よく、足腰に不自由はなかったが家にこもりきって日夜、人によっては冗長と言われる故人の長篇小説を長いとも感じず、ところどころで首をかしげては行きつ戻りつ厭きもせずにたどり、半月あまりもして読み終えた時には、長い歴史の根もとを、良かれと思って切断すれば、その切れ目から過去が亡霊となって溢れ出し、人を狂気へ追い込むものか、と長大息させられた。やがて寒気が訪れて、さすがに浴衣のままではいられなくなり、冬場の身なりに改めて、頭も手も遅くなっていることだろうからと早目に仕事にかかった。前後ふた月ほども留守にしていた仕事にようやく馴染んだ頃に、仕事中に自分の目つきが浴衣のままでいた間よりもけわしく、悪相を剝いているように感じられ、長年のことながら生業というものは、気楽にやっているつもりでもおのずと凄まじいところがある、と自分でひるみそうになった。

そしてこの五月の入院手術まで、足の運びはだいぶよたついてきたが、朝夕の散歩は欠かさず、仕事も途切らさず、まず平生に変わらずに来た。こんな腫れ物がこの大きさになるまで、どれだけかかるものか、と手術後に医師にたずねると、五年ほどだろうかと答えた。四年前の手術とは別の臓器だが、五年前と言えば大震災の年にあたり、その直前に始まった体調の微妙な異変に、思いあたる節がなくもなかったが、しかし何事も早くに萌すのであって、あるいは十年も前からのことだったかもしれない、と是非もないことに思った。生活習慣がどうのという考え方を、私はもとから好まない。

退院の日の帰りは途中から腰の痛みに苦しみながら、とにもかくにも家まで歩いてきた。そのことが何日かすると自分でも信じられぬようになった。腰のほうはほどなくどうにかおさまったそのかわりに、右脚の太腿の内側の筋に沿って、立居のたびに痛みが走るようになり、うっと息を詰めることもあり、家の内でも杖を衝く身になった。それでもやがて仕事に掛かった。締切りまでにまだ半分ほど残している。日数はすくなく、体力も気力も掠れている。それをふりしぼるようにするうちに、いっときは追いつめられた気分になったが、文章のほうは書く者の苦労も知らぬげに、むしろ淡白のようになる。十日あまりもして仕舞えて、次の入院を待つばかりになった。一度では済まぬとは初めから言われていたことだった。

歩いて十分ほどの病院まで、その間の通院の時と同じく、車を拾って行った。翌日の午後には手術となり、これも開腹ではなく、まず順調に済んだようで夜に寝苦しいこともなく、朝には安静を解かれたが、なまじの足馴らしはやめにして、起きて立つことも必要のほかは控えた。寝たまま読めるようにと、手に支えるのに軽くて、疲れればいつでも中断できる本を枕もとに置いて、気が向けば手に取ることは前回の入院と同じだが、そのつど読み始めにはたどたどしく文字を拾うようにしていたのがいささか佳境に入ると、睡くなる。おのずと手が降りて、とろとろとしながら、頭の内でまた続きをたどり、ようやく読めたが、なぜこんなことがいままで読み取れなかったのだろうか、と思ううちに眠りこむ。目を覚ませば白い天井がある。こればかりはひと月隔たっても、前回と寸分と変わりもない。一度では済まぬということは、二度とは限らない。しかしそれでもやりきれぬような気持にならないところでは、自分はよほど反復に堪えるように慣らわされて来た者らしい、とこれまでの幾度もの入院の時のことから、二十四時間あまりも不断の苦悶に呻いていた十五歳の少年のことも思い合わせ、さらには防空壕の底から頭上をしきりに低く掠める敵機の爆音に刻々と耳をやっていた七歳の幼年のことに及んで、永劫の反復、反復の永劫を早くに知ったか、だとすればしかしその後、どんな時間を生きて来たことになるのだろう、と考えかけて投げ出した。

手術の三日目には事後の検査の結果も良好と出て、翌日の退院も可能となった。ところが正午近くになり、安静にしていても右の太腿に激痛が走り、それが肋骨のあたりから肩まで響いて、眉をしかめて呻かんばかりになった。いくらか痛みのおさまった頃に、予約していた整形外科からの呼び出しがあり、車椅子の世話になって行くと、腰椎の一箇所がわずかに神経に触れていると診断され、さしあたり後《のち》の別件となった。また車椅子に運ばれて病室にもどり、鎮痛剤の効き目がようやくまわってきたようでとろとろとするうちに日が暮れかかり、家の者が帰るので部屋の戸口まで送り、試しに廊下に出ると、これが歩ける。杖を衝きながらも足が前へ出る。エレヴェーターホールからひとりで帰る道にも太腿の痛みは来ない。まやかしかと思って、もう一度試してみると、往き復りともに無事だった。晩に熱も出なかったので、翌日の退院となった。家までの帰り道にはさすがにまた車を拾うつもりでいたところが、気が変わって歩き出すと、途中で用心のために二度腰をおろしたが、苦痛もなく家に着いた。

七月に入っていた。晴れれば炎天になり、夏が来たかと思わせては梅雨空にもどり、陽と陰との交互する中で、あの退院の前日の激痛は何だったのか、太腿の疼きはあれきり消えて、日を追って散歩の距離も伸び、半月もすると杖は携えているが片手に浮かせて振っているばかりのことが多くなり、両手が振れたほうが歩きやすいものだと感心させられた。並木路を片道歩いてはベンチに腰をおろす。息を入れながら樹々の繁りに目をあずけていると、呆然とするほどに心地がよい。時間のうながしからようやく免れているようで、これこそ衰弱の恍惚か。紛れもない病人である。あの年寄り、ああしていつまでいられることか、と眺めて通り過ぎる人もあるだろう。

——寂寞《じゃくまく》と昼間を鮓《すし》のなれ加減

蕪村のこの句が浮かんだのは七月に入って退院してからほどない頃の、炎天の正午に杖を引いて散歩からもどり、家の内に入った時だった。蒸し暑い午《ひる》さがりの古い家屋の臭いがこもっている。梅雨時に湿気を溜めこんだ木材や畳の、暑さに飽和して吐き出す息か、床下の土や肥壺の臭気も混じるのか、そんなものから隔てられた今の世の建物にはありそうもないことだが、毎年のように、猛暑の訪れるその初めに、ああ、これだったか、としばし感じ入る。食のすまぬ昼飯の後で、家の内のあちらこちらに、風のわずかに通るところをてんでに占めて、ぐったりと横たわり、息も絶え絶えに午睡を貪る人の姿が目に浮かぶ。食糧不足で粗い物を喰っては腹のくだしがちの頃には、寝冷えを恐れて、腹ばかりは庇っていた。

なれ鮨というものを、東のほうで育ったので中年に深く入るまで、話には聞いていたが知らずにいた。北近江まで足を伸ばした旅の午《ひる》に初めて鮒鮨というものを口にした時には、その臭いに驚いた。そこは酒呑みの質か、食べるうちに味が出てきた。その日は暮れ方まで、旅の先を行く道々、その臭いがときおり喉の奥からさらに醸《かも》されたように上がってきたが、悪い感じでもなく、晩の酒へ喝きをそそるところがあった。その後はなれ鮨に出会う機会はひさしくなかったが、これこそ古来の鮨だとつとに聞いていたこともあり、なれ鮨の「なれる」という言葉に、深い根差しがあるように思われた。

馴れるは熟れる、そしてまた、穢れるへ通じる。通じるというよりは、そのままひとつの言葉のようだ。発酵がなれるなら、男女の肌もなれる。から衣きつつなれにしつましあれば、と言う。加減良くくたびれた衣の褄を、住み馴れた妻へ掛けているそうだが、この「なれる」にも、熟や穢の字を宛ててもよさそうである。穢れるとしたほうが、熟れた肌の感触はまさる。しかし、午さがりの蒸し暑さに堪えかね、風の細く通るところに、おのれの五体をもてあまして、ぐったりと伏せる。これこそ、見るからに、臭うからに、穢れるではないか。

蕪村の句の、寂寞が初めて身に染みてきたものだ。なれ鮨の造り方も知らないので勝手に想像したことだが、夏の早朝に浜で仕込んだのが午さがりの日盛りの、風も絶えた頃に、暗い土間の奥からすでに発酵の、なれた臭いを漂わせる、それを人は同じくなれた午睡の中から嗅ぎ取っている、と晩の酒の肴の仕度のように取ったが、なれ鮨に浅漬けなどというものはないのかもしれない。しかし何カ月も前に仕込んだのが夏の盛りの、人も息絶え絶えの午さがりになってようやく、良いなれ加減に入ったそのまるい臭いを土間から伝えてきたのだとしても、そこで時も熟して停まったような、一段と深い寂寞はあるのだろう。

生滅滅已、寂滅爲樂とは涅槃経の内にあるそうで、仏典をつぶさに読むような人間ではないけれど、この言葉にはしばしばどこかしらで出会う。それにしてもこれを昼間の鮨のなれ加減に感ずるとは、真夏の午睡のしどけなさを戯れて涅槃に遠くたぐえることはあったに違いなく、洒脱なことではあるが、しかし鮨のなれ加減に食欲をかすかにそそられてもいるらしい身のまま、生身のまま、寂滅の心に入る。日常の内の一時《いっとき》のことにせよ、きわまれる境地ではないのか。

人の肉体は腐れては改まる。真夏の午睡の内と変わりがない。男女の交わりも似たようなものかもしれない。腐れのまさることもあれば、改まりのまさることもある。人の気分の躁鬱もそれに左右される。取りとめもないことだ。しかし腐れと改まりがわずかに平衡に入り、相殺して静まり、寂滅の境へはるかに通じることは日常の内でもときおりあるのではないか。本人はたいてい、かすかな涼風に撫ぜられた程度にしか、それに気がつかない。これこそ、知らぬが仏か。

蕪村のこの句に触れてそんなことを思った初めは今からもう二十何年も前、五十代なかばの、五十日にも及ぶ入院の後の、夏のことだったか。病後にはとかく、昔の知人を思い出すように、ひさしく無沙汰にしていたものに目が留まるものだ。午睡のけだるさにも句から染まったが、しかしあの夏はたしか、雨がしきりと降って気温もおおむね低かったように覚えている。都心のほうの下水道が雨水をさばききれずに、マンホールの蓋を持ちあげて水を高く噴きあげるということもあったはずだ。

実際には夏の盛りにも午睡というものをしなくなってから、それまでにももうひさしかった。午睡にひきこまれたが最後、その日はもうけだるくて何をする気力も失せて、それが生涯のことになるかのように、おそれたものらしい。おのれの懈怠の質を知っていた。昼間に机に向かっている間に、行き詰まって途方に暮れることはのべつだが、居睡りをすることもなくなっていた。三十歳過ぎに単独の稼業に入ってからまもなくの頃からのことだったと思われる。これでも緊張して暮らしてきてはいた。忙しい世の中の、忙しい人間の、その一人である。病後にも復帰の頃合いを日々に窺っていた。それでいながら、勤勉は懈怠とうらはら、表裏一体のものであって、克己などというものとは異るように思われた。あるいは防空壕の底で刻々と破局を待つ小児の内で、生涯の忍耐力は大半盡《つく》されたのではないか、とも疑われた。それから何年か後の、すっかり元気になった頃に、近江のなれ鮨を人から贈られた。食べてみれば、昔のよりはよほど上品で臭いも淡く、蕪村の句を思い出すには至らなかった。

それきりなれ鮨とも縁がなくなり、年月がたちまちのように経って、その間に幾度も入院の憂き目に遭った末に八十歳に近く、いよいよとも思われる病いに捕まり、七月に入って二度目の退院からまもなく、本格の炎天の訪れた日に、蕪村のこの句を思い出して、病いの賜物《たまもの》か、なれ加減の寂寞に感ずるようなら、午後から机に向かえば若い頃からじつにひさしぶりに、居睡りも訪れるかと待つうちに、雲がやがて空にひろがり、暮れ方へ傾く頃にはあたりが暗くなり、冷い風が吹きこんで雷が鳴り、午睡より先にまず夕立が来たかと思えば、暗いままに雷鳴は遠ざかって降らずじまいになり、翌日からまた梅雨空が続いた。

梅雨空の重たるさのもとで足腰はおいおい回復して、街へ出るのはまだ無理でも近間ならかなり自在に歩けるようになり、あまりの閑居も身の毒に思われて、どこまで行けるか知れないが次の仕事にかかることにした。進めなくなったら謝《あやま》ることにして余計な力《りき》みは抜いているつもりでも、仕事となれば目から頭がおのずと張りつめる。その頭にうっすらと、睡気のようなものがつきまとう。うつらとするまでにはならないが、午睡の寝入り端《ばな》の心地を懐かしいように思い出しながら、たどたどしく仕事を続ける。朝夕の散歩の折りにも、杖を衝かずに右手に振って足の運びがひときわ滑らかになる時に、同じ睡気にまつわりつかれ、眠りこむのを一足ずつ背後に置くようにして歩いている。すべて、体力の容量のまだ足りぬせいである。

日一日の暮らしになり、日数がよくもかぞえられなくなった。身体は良くなったようでもあり、大差もないようでもあり、朝夕、まずは歩けるというほどになったと確めているに過ぎず、仕事のほうも今日はいささか進捗しても明日はすっかり放棄しているかも知れず、ここまで来た道も見えず、いずれその日暮らしになる。初めの入退院がいつのことで、二度目がいつだったか、それさえ数えられなくなることもあり、確めようとして面倒になる。これだけは欠かすわけにいかない後の通院の日取りがわずかに刻みとなった。

二度目の手術入院後の内科への通院は七月も末に掛かっていた。午前の十時前の、私としては早い時刻に病院に入って待つことになったが、あれは四月のなかばだったかこのたびの初めの通院から、検査もふくめれば三度の入退院を経て、病院で待たされることにすっかり馴れて気が長くなっている。待合室の椅子は傷めた足腰にかえって楽である。空席に腰をおろして持参の本を膝に置き、さて手に取ろうとして、寝不足のせいで目がつらくてしばらくのつもりでつぶると、とろとろとしてきて、眠っているのだろうか覚めているのだろうかと自分で思ううちに、「邯鄲《かんたん》の夢」という文字が頭の内にゆらりと掛かって留まった。うろ覚えになるが何でも、志を抱いて郷里を旅立った青年が邯鄲の街まで来て、旅人相手の茶屋らしいところに寄り、黍を煮るというのは黍飯か黍粥のことだろうか、黍とあるのは敗戦の直後に配給されたキビのことなら、煮ても炊いても喉を通らなかったものだが、あれとは別物なのだろう。とにかくそれが炊きあがるのを待つ間、居合わせた仙人の枕を借りて午睡に入るとその夢に、やがて京《みやこ》で出世をかさねて栄華をきわめ、八十余の長寿にも恵まれてその末期にか、午睡から覚めると、黍はまだ炊きあがっていなかったという。

じつによく出来た話で、まぜかえす悪戯心はいまさらないけれど、話を振り出しにもどせば邯鄲の夢は、午睡から覚めて黍もやがて炊きあがり、中食を済ませて、また出世の途へのぼるところから始まったはずになり、終りが始めにかさなり、はてしもない反復の気味をふくみはしないか。午睡の夢から覚めて青年は栄達の生涯のむなしさを悟らされ、郷里に引き返す。それで反復は断ち切られたわけだが、郷里に戻った青年が邯鄲の夢の戒めを忘れず、せめてひどい悪夢でなくてよかったとぐらいに受け止めて、質素な暮らしに自足し、春秋に淡い愉悦を知るようにもなり、そして年月が経って、高齢に至った頃に、ある日ふっと、長い午睡から覚めたように、あたりを見まわすことはあるのかもしれない。どこから、どこへ目覚めたのか、と訝る。

そんなことを取りとめなく思ううちに眠りこんだようで、目をひらくと一時間あまりも経っていて、待つ客はまだ多かったが、あと三人目と順番の表示が出ている。これこそ黍が炊きあがったか、とひとりで苦笑させられて腰をあげた。内廊下の待合所に入るとほどなく診察室に呼ばれた。手術後の経過はきわめて良好である旨を主治医が懇切に説明するその間も、睡気は落ちきらず、さしあたり望むかぎりの順調なのだろうと取って、先へわたることを尋ねもせずに聞いていた。つぎの診察は一月半ほどの後と決まり、まだ睡気にうっすらとつきまとわれて外来の広間に出ると、足の運びは来た時よりも滑らかで、病院で長いこと行儀よく腰掛けて待たされた後なのに足腰が楽になるとは、日頃、長年にわたり、机に向かう姿勢によほど無理があるのだろうか、と思いながら玄関の外に立ち、黍が煮えたか、いや、芋の煮えたも御存知ないの口か、とまた笑えばにわかに空腹を覚え、弁当を買って家まで歩いて帰った。

仕事部屋はがらんとして殺風景なくらいのほうが落着く、と若い頃からそう感じるほうで、用済み余計なものはそのつどできるかぎり片づけるようにしてきた。それでも疲れが溜まると、用済みの郵便物や書類をその辺の物の上に放り出したままにしたり、書棚から抜き出した本を棚に返さずにいたり、部屋の隅のほうから乱雑も溜まってくる。しかしこの年齢でこの病いに捕ってはこの先どうなるか知れないので、せめて入院中と、退院後の足腰不如意で屈むのもままにならなかった間に積んだままにした小物を、体力がややもどったらすこしずつ始末して行こうと思いながら、梅雨空に心身ともに物憂く、片づけにかかってもわずかなことに根気が続かず、それに免じて、梅雨が明けたならと待ったところが、その梅雨が七月の下旬に入っても明けようとしない。

ようやく梅雨明けの伝えられたのは月末にあと三日余す頃になる。さっそく二日ばかりは晴れて、暑さは暑さながら、これで心身がすこしは楽になるかと喜んだ。囚人は足枷を右から左へつけかえられるだけでもしばし解放感を覚えるものだとは、さる西洋の哲学者の言ったところだ。翌日も晴れたが空気が重たいようで、これはどうした加減かと訝るうちに、午後から暗くなり、あやしい風が吹いて、ほどなく激しい雨が走った。夕立も訪れたかとまた喜んだが、ひとしきり降ってあがった後もさっぱりとはしない。

その夜はなぜか昏々と眠り、翌朝遅くに目を覚ますとぐったりと萎えたようにくたびれ、眠りが深すぎたせいか頭もくらついて、嫌がるからだを自分で追い立てて午前の散歩に出れば、未明にまた雨が走ったようで、水溜まりが見えた。その日も午後から暗くなり、やがて吹き降りとなり、雷も鳴った。一時間ばかりで上がって炎天となったが、夜半過ぎに表をのぞいて、遠い環状道路から寄せてくるざわめきかと思ったら、雨がまた盛んに降っていた。床に就いて、やや遠い雷鳴を耳にしながら眠りこんだ。それから寝覚めらしいものはなかったが、激しくなった雷鳴を朝方まで幾度か耳にした。朝にかけて天は荒れたらしい。

正午前に表へ出た時には上空は晴れて、炎天のもと、雷がしきりに鳴った。遠くもない。見あげれば西の空に白い積乱雲が盛んに湧きあがり、いまにも頭上に崩れて来そうに見えて、東にも妖しげな黒雲がわだかまり、降られぬうちにと杖を急かせて家にもどって息をついたが、あたりが暗くもならず、午後には雲も散った。気流が乱れていて、あちこちで大雨が降ったと伝えられた。このあたりでは夜に入って雨になった。未明にもあらためて降ったらしい。

病みあがりの人間は天気の乱れに感じやすい。病中の人間はまして、入院中の夜には表の様子が見えなくても、低気圧の接近に苦しむ。あるいは病前の、疾患のひそかに進行しつつある人間もそれとは知らずに、天候の変わり目に天を仰ぎがちになるのかもしれない。暗い内感から天を仰げば、雲がとかく異形の象《かたち》を見せる。得体の知れぬ大船が中空を渡る。雲の峯に夕映えが射して、縁々が金色に灼熱し、天辺に櫓《やぐら》が立つ。鬼の城を思う。あるいは人面を剝く。哀しみか怒りか、それとも哄笑へ破れる寸前か、眉をひそめている。龍のようなものがわだかまる。くねりかかる。

二千年近く昔になるはずの漢詩の冒頭に、黒蜧躍重淵とあった。黒蜧《こくれい》は重淵《ちょうえん》に躍《おど》る、と読みくだす。黒い大蛇だか龍の類いだか、それが深い淵で騒ぐと、大雨長雨の予兆と取られていたらしい。それに配して、やはり霖雨を告げるという鳥が野に舞って対句となり、それから順次、大水の苦難がつぶさに切々と吟《よ》まれたその末に、この災いの内にあってこそ人は清貧を守って貞《ただ》しさを保たなくてはならぬという戒めで結ぶところが、我が国の詩文と趣きを異にするようだが、それはともかく、私自身も異形の者の騒ぐところを見たことがある。

我が家をふくめてあたり一帯が未明に焼き払われた後の、初めの夜に、バラックの中から子供の見た夢である。高台から坂の下の大通りまで夢の中でも見渡せた。避難民で溢れた大通りもいまは閑散として、赤牛がひとり奔っていた。これは空襲の明けた朝方に、実際に目にした光景だった。人と一緒に避難していた牛がいまさら物に驚いたようで、手綱を振り切ってしばらく走りまわった。しかし夢に現われた赤牛はいよいよ赤く、全身から炎をあげ、頭を振りあげ振りさげ、背を波立たせて吠える、と聞くうちに、太い声で歌っていた。文句は聞き取れないが、破れかぶれに躁ぐ酔漢のようにいつまでも同じ、調子はずれの節を繰り返す。果てにはおどけたように聞こえてくるのが、恐ろしかった。

あれは水、これは火。あれは予兆、これは回帰、起こったばかりの災いの揺り戻しだった。その後の再三の罹災のことを考えても、いまさら予兆にもならない。しかし夢の内の赤牛の狂乱はいかにも予兆めいていた。つい朝方に見たばかりのことでも、あまりにも濃い残影が夜になり予兆として現われたものか。あるいはその朝からその夜まで、子供にとっては、年月を隔てたに等しかったのかもしれない。

そうでなくても、予兆は既視感を伴うもののようだ。濃い既視感に誘われればこそ、日常のこととして見過ごされるはずの雲の動きなどが、いきなり予兆の象をふくむ。黒蜈などいうものも言葉の上のことで、古人も見たことはなかった。せいぜいのところ、水辺で蛇の動きが盛んになるとまもなく大雨になるというような民間の言い伝えがあったか。しかし空の雲の動きに黒蜈の躍るのを幻にせよ見たとしたら、既視感は自身の知る過去よりも、深いところまでさかのぼる。

夜半の寝床に就く前に、表に出した椅子に腰をおろして息をついていると、上空は一面に雲に覆われているのに、東から南へ振れた方角に、入道雲が立つ。この天気のこの時刻に盛んに湧きあがり、月を含んだように、夜目に白々と照る。あの雲の峯がやがて崩れて押し出し、上空の雲を驚かして、今夜も未明に雨が走り雷が鳴ることになるか。それでも眠る。雨の叩く音を聞いて雷鳴を耳にしても、黒蜈が躍っても、眠りつづける。体力が掠れて一日分にも足りぬ。

その日暮らしはこんなものだ。むしろひさしぶりに平生にもどった気がしないでもない、とつぶやいて腰をゆっくりとあげる。

初出

後の花　「新潮」二〇一五年八月号
道に鳴きつと　「新潮」二〇一五年十月号
人違い　「新潮」二〇一五年十二月号
時の刻み　「新潮」二〇一六年二月号
年寄りの行方　「新潮」二〇一六年四月号
ゆらぐ玉の緒　「新潮」二〇一六年六月号
孤帆一片　「新潮」二〇一六年八月号
その日暮らし　「新潮」二〇一六年十月号

古井由吉（ふるい・よしきち）
一九三七年東京生まれ。東京大学文学部独文科修士課程修了。一九七一年「杳子」で芥川賞受賞。その後、八〇年『栖』で日本文学大賞、八三年『槿』で谷崎潤一郎賞、八七年「中山坂」で川端康成文学賞、九〇年『仮往生伝試文』で読売文学賞、九七年『白髪の唄』で毎日芸術賞を受賞。二〇一二年『古井由吉自撰作品』（全八巻）を刊行。他に、『楽天記』『野川』『辻』『白暗淵』『やすらい花』『蜩の声』『鐘の渡り』『雨の裾』など多数の著作がある。

ゆらぐ玉《たま》の緒《お》

二〇一七年二月二五日　発行

著者　古《ふる》井《い》由《よし》吉《きち》
発行者　佐藤隆信
発行所　株式会社　新潮社
〒一六二―八七一一　東京都新宿区矢来町七一
電話　編集部　〇三-三二六六-五四一一　読者係　〇三-三二六六-五一一一
http://www.shinchosha.co.jp
印刷所　大日本印刷株式会社
製本所　大口製本印刷株式会社
乱丁・落丁本は、ご面倒ですが小社読者係宛お送り下さい。送料小社負担にてお取替えいたします。

価格はカバーに表示してあります。

ISBN978-4-10-319211-4 C0093

明治の表象空間　松浦寿輝

世界はすべて表象である。太政官布告から教育勅語まで、博物誌から新聞記事まで、諭吉から一葉まで、明治のあらゆるテクストを横断する近代日本の「知の考古学」。

日本小説技術史　渡部直己

馬琴、漱石から一葉、尾崎翠まで、小説家が「自己の内面」や「出来事」を描き出す瞬間に生じる「言葉の技術」を緻密な豪腕で論じ、小説の読み方の根幹を築いた大作。

吉田健一　長谷川郁夫

批評、随筆、小説が三位一体となった、他に類をみない独自の文学世界を築きあげた吉田健一。その生涯と作品のすべてを膨大な資料を駆使して語り尽くす決定版評伝！

狂うひと　「死の棘」の妻・島尾ミホ　梯久美子

島尾敏雄の『死の棘』に書かれた愛人は誰か。日記に書かれていた言葉とは。未発表原稿や新資料で不朽の名作の真実に迫り妻ミホの生涯を辿る、渾身の決定版評伝。

新世紀神曲　大澤信亮

名探偵・犬神と共に密室へ閉じ込められたのは、21世紀文学の主人公たち。謎めく空間を抜け出すため、愛をめぐる彼らの饗宴が始まる！　新鋭による前代未聞の批評集。

母の母、その彼方に　四方田犬彦

四方田柳子という見覚えのない名をたよりに調べるうちに、思いもかけない事実が明らかになってくる。柳子、美恵、昌子。四方田家の三人の女をめぐる三つの物語。

調　書
J・M・G・ル・クレジオ
豊崎光一訳

最初の人類の名をもつ不思議な男が、さまざまなものとの同一化をはかりながら奇妙な巡礼行を続ける――ノーベル文学賞に輝くル・クレジオ、23歳での衝撃のデビュー作。

冬の物語
イサク・ディネセン
横山貞子訳

デンマークがナチス占領下にあった冬の時代、大自然のなかに灯された人びとの命の輝きを描いて、作家自身がもっとも愛した短篇集。生誕一三〇年記念出版。

オルフェオ
リチャード・パワーズ
木原善彦訳

微生物の遺伝子に音楽を組み込もうと試みる現代芸術家のもとに、捜査官がやってくる。容疑はバイオテロ？　現代アメリカ文学の旗手による、危険で美しい音楽小説。

バートルビーと仲間たち
エンリーケ・ビラ＝マタス
木村榮一訳

ソクラテス、ランボー、サリンジャー、ボルヘス、ピンチョン……。書けない症候群に陥った作家たちの謎の時間を探り、書くことの秘密を見いだす、異色世界文学史小説。

よい旅を
ウィレム・ユーケス
長山さき訳

戦前の神戸での穏やかな暮らし。旧オランダ領東インド、日本軍刑務所での苛酷な日々。戦後半世紀以上を経てようやく綴られた、98歳のオランダ人による回想録。

コンゴ・ジャーニー（上・下）
レドモンド・オハンロン
土屋政雄訳

コンゴ奥地の密林に幻の恐竜モケレ・ムベンベを探して――。カズオ・イシグロをして、「とんでもない傑作」と言わしめた、英国の旅行記作家による桁外れの旅行記。